化け之島初恋さがし三つ巴 3

石川宏千花
画 脇田茜

講談社

YA! ENTERTAINMENT

化け之島初恋さがし三つ巴　3

石川宏千花

おもな登場人物

淡《あわ》島《しま》三《み》津《つ》

主人公。15歳《さい》。
父の海外《かいがい》赴任中《ふにんちゅう》、母の故郷である
場家之島《ばけのしま》に移り住むことに。

多《た》岐《き》寿《とし》文《ふみ》

島で三津の身の回りの
世話をしている、22歳。

江《え》場《ば》小《こ》巻《まき》

三津の大伯母《おおおば》。72歳。
場家之島で、御殿之郷《ごてんのさと》を営んでいる。

遠《えん》雷《らい》

大天狗《おおてんぐ》。

江《え》場《ば》哉《か》重《え》

三津のいとこ。19歳。

尉《い》砂《ずな》憧《どう》吾《ご》

海燕高校《かいえんこうこう》1年生。

有《う》楽《ら》宇《う》沙《さ》巳《み》

人間の子として生まれた神さま。一目連《いちもくれん》。

たすく

ため息が大好きな、
信楽焼《しがらきやき》のたぬき。付喪神《つくもがみ》。

長《おさ》壁《かべ》姫《ひめ》

「先読み」や
「失《う》せものさがし」ができる姫。

おもな地名・名称

【場家之島《ばけのしま》】

人間《現《げん》》と妖怪《界《ようかい》》、
神さま《祖《そ》》が暮らす島。

【御殿之郷《ごてんのさと》】

島唯一《ゆいいつ》の旅館。
豪華絢爛《ごうかけんらん》で、
全貌《ぜんぼう》が見えないくらいまで
建て増しをしている。

【寄託《きたく》】

初恋《はつこい》をしたときに
魂《たましい》の一部が抜《ぬ》け出《だ》して、
相手の魂の中に住みつくこと。
受領されないままでは、
自我《じが》がぐらつきやすくなる。

【黙約《もくやく》】

場家之島を混乱させた妖怪、
クダンとサトリを
隔離《かくり》しつづけるため、
江場《えば》家のひとり娘《むすめ》・一津《いつ》が
滝《たき》に住む不動明王・滝霊王《たきれいおう》に
誓《ちか》った約束。
「《江場家の娘》は《現》以外、
〈この先〉を望む相手とはしない」
という内容であった。

これまでのおはなし

淡《あわ》島《しま》三津《みつ》は、胸の中にふたつの死角を持ち、〈生きづらさ〉を抱《かか》えた高校生。

父の海外赴任《かいがいふにん》に伴《ともな》い、神と妖怪《ようかい》も共存する不思議な島で暮らすことになった。神さまと妖怪と人間社会の秩序《ちつじょ》を守るため、当主の血を引く三津には、人間以外の相手とは恋愛《れんあい》関係にならないという《黙約《もくやく》》が課せられていた。六年前に無自覚な初恋《はつこい》をしたのだが、三津にはその記憶《きおく》がない。

大伯母《おおおば》は、三津の島での記憶をすべて消し去り存在をなかったものとして、《黙約》から解き放とうとするが、三津は周囲の反対を押《お》し切《き》り、初恋を捨てて、死角を手放さずに島に残ることを選ぶ。

新たに島の高校へ通うことになった三津。しかし玄関《げんかん》の扉《とびら》を開けると、動物の死骸《しがい》が置いてあって……!?

目次

ため息不足な日々

非日常は、あっさり日常になる。

大伯母《おおおば》をたよって移住してきた場家之島《ばけのしま》で暮らすうちに、淡島三津《あわしまみつ》が実感したことのひとつだ。

「ねえねえ、お嬢《じょう》さん。そろそろ出るころなんじゃない？」

信楽焼《しがらきやき》のたぬきの置物が、こうしてソファのとなりに座《すわ》って話しかけてくることだって、いまや三津には当たり前のことだ。

「そんなに催促《さいそく》しないでくれる？　たすくちゃん。ため息をつかないでいられるのって、本当はすごくいいことなんだから」

見た目はどこからどう見ても信楽焼のたぬきなのに、たすくはしゃべる。しゃべるだけじゃない。ため息をためこむと、全体的にしっとりする。正体は付喪神《つくもがみ》だ。

移住後も三津は、大伯母《おおおば》が営む旅館《御殿之郷《ごてんのさと》》には身を寄せていない。天狗除《てんぐよ》けを強化した住居で暮らす必要があり、岬《みさき》にぽつんと建つ灯台のような形の建物で、ひとり暮らしをしている。

気まぐれではあるものの、三津がひとりでいると、たすくはたいてい、いっしょにいてくれる。そばにいてくれるのはすごくうれしいことなのだけど、朝いちばんにため息をほしがるのには、やや閉口している。

だっていまは、ため息をつきたいようなことがない。なにもないとはいわないまでも、ほぼないのだ。

「学校も、意外に楽しく通えちゃってるし」

三津がそうつぶやくと、たすくはさも不満げに文句をいってきた。

「それですよそれ！　学校がはじまったら、絶対にため息が増えると見こんでたのに」

うん、と三津は小さくうなずく。

わたしもそう思ってた、と。

四方を海に囲まれた場家之島には、高等学校は一校しかない。

校門は、海沿いの大通りから短い坂をのぼったところにある。かつては木造だったという校舎も、いまは建て直されて鉄筋だ。山裾《やますそ》の斜面《しゃめん》に建っているので、校庭からでも堤防《ていぼう》にじゃまされず、海が一望できる。

「こんなところにいた、三津」

校庭のフェンス越《ご》しに海を眺《なが》めていた三津のとなりに、田口胡子《たぐちここ》がならんでくる。

「ごめん、さがしてた?」

丸みのあるショートボブが、日差しを浴びてきらきらしている。

「さがしてたわけじゃないけど、昼休みなのに見当たらないなと思って」

「窓から見てたら、あんまり海がきれいだったから」

ふふ、と胡子が笑う。

「ふらふらっと?」

「うん」

「三津にはまだ、海がめずらしいんだ」

「めずらしいし、なんだかすぐそこにあるのがうそみたいっていうか」

「海が近くにない環境《かんきょう》に身を置いたことがないからなあ」

最初によくしゃべるようになったのは、この田口胡子だった。さりげなくとなりにきて、ぽそっと話しかけてくれる。そのくり返しで、自然と三津も、胡子、と呼び捨てで呼べるほど親しくなれた。

「おーい」

校舎を背にして、校庭のすみからこちらに向かってベリーショートの女の子が手をふっている。頭が小さいからか、小柄《こがら》なのに背が低いと感じない。田島薫《たじまかおる》だ。

「おーい」

胡子がすぐに手をふり返した。遅《おく》れて三津も、小さく手をふる。

「もどろっか」

「そうだね」

校舎と薫に向かって、歩き出す。

休み時間は、この三人でいるか、小田切沖凪《おだぎりおきな》と高見蘭子《たかみらんこ》が加わって五人でいることが多い。

新学期がはじまる前の歓迎会《かんげいかい》のことで気まずくなった沖凪とは、通学しはじめたばかりのころは、まだ少し緊張感《きんちょうかん》があった。とはいえ、一学年に一クラスしかない学校だ。まわりに気を遣《つか》わせたくはないので、なるべくふつうに沖凪と接するようにしてきた。

沖凪も、学級委員長として転入生の三津をお世話してくれているし、みんなといるときの態度もごく自然だ。

不思議なもので、そうやって過ごしていると慣れてくる。顔を合わせれば、にこっと笑い、わからないことがあればききにいき、みんなでお手洗いにいけば、当たり前のように沖凪が個室から出てくるのを待つ。

慣れてしまえば、それが日常だ。沖凪にとっても、これがもう日常になっているんだろうなと、目が合うたびに確信する。

通学するようになって意外だったことが、もうひとつ――。

「あ、布が」

校庭に面した窓のひとつから、ひらひらとカラフルな布が舞《ま》い落《お》ちてくるのに、三津は気がついた。だれかがうっかり落としてしまったのだろうと、三津が手を伸《の》ばそうとした瞬間《しゅんかん》、

「だめ！」

ぴしゃっと手をたたかれた。

たたいたのは胡子だ。

「布《ぬの》がらみだよ、あれ」

そう教えてくれたのは、薫。ふたりとも、布の正体を知っている様子だった。

三津の足もとに、カラフルな布がふわりと着地する。

「名前があるっていうことは……」

妖怪《ようかい》？　ときく前に、胡子と薫はそろって、こくこくとうなずいた。

「手を伸《の》ばすでしょ？　そうすると、腕《うで》にからみついて沼《ぬま》に引きずりこむの」

説明してくれた薫に、「でも」と三津は顔を向ける。

「沼なんて、どこにも」

「校舎の裏手にあるの。小さいのが」

「そこまで引きずっていくの？」

「前に引きずられた子がいて、たいへんだったみたい。大勢でしがみついても止まらなくて。結局、十人くらいで落ちたんだって」

まさか、と三津は一瞬《いっしゅん》、息を止めた。

「それで、どうなったの？」

「どうもならないよ。泥《どろ》だらけになるだけ」

「二度と沼《ぬま》からあがってこられなくなるとかは……」

ないないない、と胡子が顔の横で大きく手をふる。

「ただ、泥《どろ》を落とすのがたいへんなだけ」

胡子と薫は、校庭に落ちてきた布には目もくれず、すたすたと歩き出してしまう。

場家之島の人々は、妖怪《ようかい》と共存している。そう教えられてはいたものの、まさかここまで溶《と》けこんでいるとは……だった。

妖怪たちはときおり校内にもあらわれて、さっきの布がらみのようにちょっかいを出してくる。みんな慣れたもので、そう簡単には驚《おどろ》かないし、いたずらされたりもしない。

意外だったと胡子たちに話したら、意外だと思うほうが意外だと笑われてしまった。そのくらい、この島では妖怪のいる日々が当たり前なのだ。

場家之島は本来、化《ば》け之島《のしま》だった。

校庭をふり返る。あのカラフルな布は、もうどこにも落ちていなかった。

学校から帰ると、いったん《御殿之郷》に立ち寄ることになっている。

地上の竜宮城《りゅうぐうじょう》とも呼ばれている豪華絢爛《ごうかけんらん》な建物の正面玄関《げんかん》では、すでに四人の従業員たちが、三津を待ちかまえていた。

ひとりは、世話役の多岐寿文《たきとしふみ》。あとの三人は、同じ桃色《ももいろ》の着物を着た菊《きく》、梅《うめ》、桜《さくら》だ。多岐のように常に三津のそばにいるわけではなく、《御殿之郷》に滞在《たいざい》しているときだけ、身のまわりの面倒《めんどう》を見てくれる。

「お帰りなさいませ、三津さま」

いつもの黒いスーツ姿で深く頭をさげる多岐に、菊、梅、桜の三人もならう。一斉《いっせい》に深々と頭をさげられるのは、なんとも居心地《いごこち》が悪い。早く頭をあげてほしい三津は、つい早口で、「ただいまもどりました」と告げた。

「本日は長壁姫《おさかべひめ》との《咫尺《しせき》》のご予定が入っておりますので、お荷物を置かれたら、すぐにご出発の準備をお願いいたします」

多岐の口調は、相変わらず馬鹿丁寧《ていねい》だ。三津もすっかり慣れて、それをさみしいとはもう思わない。

《咫尺》には、人力車で向かうと決まっている。正面玄関の前に設けられた駐車場《ちゅうしゃじょう》には、黒光りする人力車がすでに控《ひか》えていた。

急がないと、と小走りに正面玄関《げんかん》から屋内に飛びこむ。そんな三津のすぐあとに、菊、梅、桜が一列になってつづいた。

「制服のままいきますから、ご自分たちのお仕事にもどられてもだいじょうぶですよ?」

三津がそう声をかけても、列はくずれない。

「おぐしが乱れておられますので、整えさせていただきます」

「汗《あせ》もおかきのようです」

「くちびるも乾燥《かんそう》しておられます」

三人組は、なにかと理由をつけては三津の世話を焼きたがる。三人にとってはお世話そのものが楽しくてしょうがないようなので、なるべく好きなようにしてもらっている。三津も、三人組がそばにいるとほっとする。

従業員の居住スペースに移動し、長い廊下《ろうか》をさらに進む。二階の奥《おく》に、いずれ三津の部屋になる予定の一室があるのだ。

廊下を進んでいると、いつのまにか三津の足もとに、白い布がひらりとあらわれていた。

「あ、白布《しろぬの》さん」

気がついた三津が声をかけると、「どうもどうも」と応じてくれる。ぱっと見は、ひらひらと移動している白い布なのだけど、よく見ると布の下から、爪《つめ》の伸《の》びた動物の手足らしきものがちらちらとのぞいている。

妖怪《ようかい》――この島では《界《かい》》と呼ばれている――の一種だ。気まぐれに廊下《ろうか》にあらわれては、こうして気さくに話しかけてくる。

「こら、白布！　また勝手に入ったな！」

三津の背後から、梅が怒鳴《どな》った。

「ちょっとお嬢《じょう》さんの顔を見にきただけじゃないですか。いしひひひ」

場家之島が化け之島だったころから、《御殿之郷》は《界》や《祖《そ》》――こちらは神さまのことだ――をお客さまとして迎《むか》え入《い》れてきた。いまも、その歴史は受《う》け継《つ》がれている。正式な手続きを経て入館するのが暗黙《あんもく》のルールなのだけど、そのルールを気軽にやぶる《界》たちもいる。

その筆頭が白布や有夜宇屋志《うやうやし》だ。有夜宇屋志について三津が説明できることといえば、『魚肉ソーセージのような色をした肉のかたまり』くらいなのだけど、白布と同じく有夜宇屋志も自由気ままだ。不意にあらわれては、不意にまた消える。

もはや三津にとって、彼《かれ》らは路上で遭遇《そうぐう》する猫《ねこ》たちのようなものだった。

あわただしく支度《したく》を済ませ、急いで正面玄関《げんかん》へと引き返す。その途中《とちゅう》、大伯母《おおおば》の江場小巻《えばこまき》とばったり顔を合わせた。

「きょうは《咫尺《しせき》》の日でしたね」

いつ見ても乱れひとつなく結《ゆ》いあげられた白髪《しらが》に窓からの光が当たって、神々《こうごう》しいほどに輝《かがや》いている。

「はい、これからいってまいります」

「くれぐれも粗相《そそう》のないように」

そうだった、と三津は思う。おばさんはまだ知らないんだった、と。

長壁姫との面会が《咫尺》と呼ばれているのは、それほど貴重な機会であり、容易に得られるものではないからだ。そんな長壁姫との面会も、いまや三津にとっては日常の一部になっている。それどころか、友人の部屋に遊びにいく感覚で、長壁姫と過ごす時間を楽しんでいる。

三津は大伯母《おおおば》にしっかりと一礼してから、長い廊下《ろうか》をふたたび進みはじめた。


「おや？」

三津を乗せた人力車を、軽々と走らせていた車夫の男性が、不思議そうな声を出した。

「どうかしましたか?」

三津がたずねると、ほらあれ、というように、前方を指さしていう。

「通行止めになっとるようです」

「ホントだ……」

海沿いの大通りは、ふだんから車通りも少なく、信号待ち以外の理由で車が停《と》まっているところなんて見たこともない。

「事故でしょうか」

「いやあ、事故って感じじゃ……あっ」

車夫の男性が、なにかに気づいたようだ。首を伸《の》ばすようにして、つらなった車の先頭のほうを見やっている。

「地滑《じすべ》りだな、ありゃあ」

「えっ?」

驚《おどろ》いた三津も、腰《こし》を浮《う》かすようにして前方の様子をうかがった。たしかに、山側の道路が黒っぽい土でふさがれている。三津たちにとっての進行方向だ。

「いったん引き返しましょう」

「でも、姫《ひめ》さまがお待ちになって――」

三津がそこまでいいかけたところで、落ち着きはらった女性の声が、「いいえ」と話しかけてきた。

「姫さまも、そうおっしゃっておられます」

いつのまにあらわれたのか、三津のすぐ横に、小さな日本人形がちょこんと座《すわ》っていた。

「藻留《もる》さん！」

「ごきげんよう、三津どの」

「ごっ、ごきげんよう、藻留さん。どうやってここに？」

「ほほ、まだそんなことをおっしゃっているのですか、三津どのは。《御道《おんどう》》を使ったに決まっております」

なるほど、《御道》なら、と三津はすぐに納得《なっとく》した。《御道》は、長壁姫しか開くことのできない抜《ぬ》け道《みち》のようなもののことだ。

藻留は長壁姫のお屋敷《やしき》で、さまざまな雑事をこなしている。とことことこと歩く姿は人形そのものなのに、話し出せばまるで人間だ。

「姫さまからことづてです。いますぐ《御殿之郷》におもどりになるように、と」

車夫の男性は、すぐさま人力車の向きを変え、いまきた道を引き返しはじめた。

緊急《きんきゅう》を要する事態

スマートフォンの音が鳴りやまない。
液晶《えきしょう》画面には、クラスメイトたちの短い書きこみが、表示されつづけている。
【うちの家の裏山でも地滑《じすべ》りが起きた】
【今宵川《こよいがわ》が氾濫《はんらん》してるってホント？】
【海岸に大量の魚の死骸《しがい》だって！】
【岩花《いわはな》地区で停電！】
【水道止まってるの、うちだけ？】
三津《みつ》の背後から、菊《きく》、梅《うめ》、桜《さくら》もスマートフォンの画面をのぞきこんでいる。
「……なにが起きてるの？」
三津のつぶやきに、菊が答える。

「なにが起きているのかはわかりませんが、いやな感じがいたします」

梅がつづける。

「あきらかに様子がおかしいです」

桜もつけ足す。

「胸がざわざわいたします」

長壁姫《おさかべひめ》のお屋敷《やしき》に向かう途中《とちゅう》で引き返してきた三津は、そのまま《御殿之郷《ごてんのさと》》にとどまることになった。いまは、大広間の大テーブルのはしに座《すわ》って、情報収集中の多岐《たき》がもどってくるのを待っているところだ。

「三津！」

開放されたままになっていた観音開きの扉《とびら》の向こうから、江場哉重《えばかえ》が飛びこんできた。

白いシャツに、黒の細身のパンツ、サラサラのショートヘア。性別を限定しない見た目をした哉重は、三津の三つ年上のいとこだ。

「無事にもどれたんだね」

「ついさっきもどりました。哉重さんのほうは、だいじょうぶでしたか？」

「なんとか必要な処置はしてもらえた」

哉重とは電話で連絡《れんらく》を取り、おたがいの状況《じょうきょう》を報告しあっていた。哉重は、真珠《しんじゅ》を用いたジュエリーのオンラインショップを経営している。その事務所で、ガス漏《も》れが起きたのだという。連絡を取り合ったときには、ちょうどその対応のまっ最中だった。

「うちの事務所の近くでは、水道管が破裂《はれつ》したところもあったみたいでさ」

「うちのクラスでも、水道が止まってるっていう子がいました」

「そうなんだ。うーん、いったいなにが起きてるんだろうな……」

三津のとなりに哉重が腰《こし》をおろすなり、さっと菊がお茶を出した。さらに梅が、開いたおしぼりをさし出す。受け取った哉重が手をふき終わると、今度は桜がそれを引き取り、三人そろってさがっていった。

いつ見ても抜群《ばつぐん》のコンビネーションだ。三人の間柄《あいだがら》をたずねてみたことがある。てっきり三つ子だと思っていたら、姉妹《しまい》ではないそうだ。

「小巻《こまき》おばさんが《界《かい》》たちから情報を集めはじめたみたいだね」

「はい。いまは多岐さんといっしょに、あすここさんたちと面会中です」

江場家の当主は、単なる旅館の経営者ではない。《界》と島の人々――《現《げん》》との仲介役《ちゅうかいやく》でもあるのだ。

「情報通にはひと通り声をかけただろうから、ほかにも続々と《界》たちが集まってくると思うよ」

「そうなんですか？　じゃあ、いろいろとお迎《むか》えの準備が必要ですよね。わたし、お手伝いしてきます」

「え？　いや、三津はそんなことはしなくても……」

引き止めようとする哉重に、「菊さんたちにご指示を仰《あお》いできます！」とだけいい残して、三津は大広間から飛び出していった。


こんな光景、夢の中でも見たことない……。

三津は思わず、廊下《ろうか》の途中《とちゅう》で足を止め、呆然《ぼうぜん》と立ちつくした。

露天《ろてん》の大浴場につづく廊下のいたるところに、《界》たちがあふれ返っている。いつもの白布《しろぬの》や有夜宇屋志《うやうやし》はもちろん、久しぶりのざらざらざったら、布絵《ぬのえ》の中でしか見たことのなかった《南瓜転《かぼちゃころ》がし》までいる。

たすくこそいないものの、黒いこうもり傘《がさ》の付喪神《つくもがみ》——こうもりおじさんや、いつでも水がな

みなみと入っている水瓶《みずがめ》——瓶長《かめおさ》さんといった、《つくもの会》のみなさんの顔も見えた。

島でなにが起きているのか、知っていることがあれば教えてほしい、という《御殿之郷》の当主からの求めに応じて、集まってくれた面々だ。

大伯母《おおおば》と多岐が手分けして話を聞き、話し終えた《界》から順に、露天《ろてん》の大浴場で一服してもらうことになっている。

三津はそのお手伝いをしている最中で、いまは、交換用《こうかんよう》のバスマットを大量に運んできたところだ。ぼーっとしている場合ではない、と我に返った三津は、バスマットを山盛りのせたワゴンを押《お》しながら走り出した。

「おーい、お嬢《じょう》さん、廊下《ろうか》を走るとご当主にまたしかられますぞー」

列になって順番待ちをしている《界》たちの中から、声がかかった。

あの声は、ざらざらざったらだろうか。足は止めないまま、「だまっててくださーい」と三津は答えた。《界》たちが、どっと笑う。

「お嬢さんもいうようになったなあ」

「島にきたばかりのころは、野ねずみの赤《あか》ん坊《ぼう》のように弱々しかったというのに」

「たくましくなったもんだ」

好き勝手な《界》たちのおしゃべりを背中で聞きながら、大浴場の入り口にかかっている大のれんをくぐる。中では、菊、梅、桜が、《界》たちのお世話に走り回っていた。

びしょびしょに濡《ぬ》れた体のまま脱衣所《だついじょ》から出ていこうとしていた巨大《きょだい》な蛙《かえる》を、「お待ちください、蝦蟇《がま》さま！」と呼び止めて、ふたりがかりで体をタオルでふいたり、豆腐《とうふ》をのせたお盆《ぼん》を両手で持ったまま浴場に向かおうとしている小さな男の子を、「豆腐はお持ちこみいただけません、豆腐小僧《とうふこぞう》さま！」と追いかけていったり、とにかく忙《いそが》しそうだ。

バスマットをてきぱきと取《と》り替《か》え、予備の分を所定の位置に収めると、三津もすぐに、《界》たちのお世話に加わった。

「お客さま、なにかおこまりでしょうか？」

だだっ広い板張りの脱衣所のすみで、頭をかかえて丸まっていた《界》に声をかける。返事はない。有夜宇屋志がダイエットをして少しだけすっきりしたような姿をしていて、とにかく恥《は》ずかしそうにしている。

「はぢっかきさまは、だれかに見られていると動けなくなるので、見て見ぬふりをしてさしあげてください」

ささっと近づいてきた菊が、こっそり耳打ちしてくれた。

「そ、そうだったんですね」

三津は急いで、はぢっかきのそばを離《はな》れた。

「三津さま！　もし手が空いておられるようなら、飲料水のペットボトルを何本か浴場にお持ちいただいてもいいでしょうか」

大量の湿《しめ》ったバスタオルをかかえた梅が、脱衣所《だついじょ》を横切っていきながら叫《さけ》ぶ。

「どうもこうもさまが湯当たりして伸《の》びてらっしゃるそうなので！」

そういえばついさっき、桜が血相を変えて浴場に向かって走っていったのを見た。

「すぐにお持ちします！」

走り出してから、三津は小首をかしげる。

どうもこうも……さま？

どんな姿をした《界》なのか、名前だけでは見当もつかなかった。


騒《さわ》がしかった館内にいつもの静けさがもどってきたのは、夜の九時を過ぎてからだった。

食事も摂《と》らずに動き回っていた三津は、倒《たお》れこむように大広間の椅子《いす》に腰《こし》をおろした。となりで哉重も、ぐったりしている。大伯母《おおおば》と多岐に加わり、《界》たちから話を聞いていたそうだ。情報通の《界》は基本的におしゃべり好きなので、自然と話が長くなる。本当に聞きたい話にたどり着くのにもひと苦労だったにちがいない。

遅《おそ》い夕食を、これからみんなで食べることになっている。きょうは特別に多岐も、菊、梅、桜の三人組も、板長の尉砂吾蔵《いすなごぞう》と息子《むすこ》の憧吾《どうご》も同席し、今後のことを話し合いながら食事をするのだという。多岐をつれて大伯母が姿を見せると、つづいて尉砂親子もやってきて、配膳《はいぜん》を終えた菊、梅、桜も、大テーブルの一角に着席した。

いつもは小巻と哉重と三人だけなので、大勢で囲む食事が、三津にはちょっと新鮮《しんせん》だ。

「きょうはご苦労さまでした。久しぶりに大勢のお客さまをお迎《むか》えして、たいへんでしたね。尉《い》労《ろう》も兼《か》ねて、今夜はみんなでお食事をいただきましょう」

尉砂親子も、《界》たちを案内したり、好き勝手に館内を動き回ろうとする者をつれもどしたりと、忙《いそが》しく働いていたらしい。

小巻が箸《はし》を手に取るのを待って、遅い夕食がはじまった。いつもは小鉢《こばち》から順に、お料理がひとつずつ運ばれてくるのだけど、きょうはお弁当スタイルだ。

お弁当といっても、もちろん簡易なものではない。尉砂が用意した、超《ちょう》のつく豪華《ごうか》バージョンだ。漆塗《うるしぬ》りの四角い器《うつわ》に、カゴに盛られたてんぷら、白身と赤身のお刺身《さしみ》、混ぜごはんの俵握《たわらにぎ》りがふたつ、それにお惣菜《そうざい》が数品、彩《いろど》りよく詰《つ》められている。これなら配膳《はいぜん》の手間が大幅《おおはば》に減る。菊、梅、桜の三人も同席できるよう、板長の尉砂が配慮《はいりょ》したのだろう。

「いま現在、わかっていることを話しておきます」

五分ほど食事が進んだところで、小巻が一同を見回した。三津と哉重がならんだその正面に、尉砂親子、同じならびに多岐と三人組が座《すわ》っている。

「今日一日で、三十七件の緊急《きんきゅう》を要する事態が発生しました。いずれも《界》が関わっていたことはまちがいないようです」

補足するように、多岐が口を開く。

「発生場所と状況《じょうきょう》を地図にまとめたものを、そちらに貼《は》り出《だ》してあります」

多岐がさし示したほうに目をやると、島の地図を引き延ばしたものが壁《かべ》に掲示《けいじ》してあった。赤い印が、点々と散っている。印の横には、短いメモも記されている。

「それぞれの事態に関わったであろう《界》については、協力してくれた《界》たちのおかげで、ほぼ把握《はあく》することができました。いくつか例をあげると、各所での地滑《じすべ》りには《大鯰《おおなまず》》、今宵川の氾濫《はんらん》には《河熊《かわくま》》、海岸に打ち上げられた大量の魚の死骸《しがい》には《海和尚《うみおしょう》》の関与《かんよ》があった

ようです」

そこまで話すと、息継《いきつ》ぎのついで、というように、小巻は小さくため息をついた。

「……ただ、これまでは良好な関係にあった《界》たちがなぜ、同時多発的にこのようなことをするに至ったのか、その原因はまだつきとめられてはいません」

三津は、じわ、と手のひらに汗《あせ》がにじむのを感じた。なんだかすごく、いやな感じがする……これってもしかして、布絵《ぬのえ》の部屋で見たあの……。

「とにかく、いまは島の人々を不用意に動揺《どうよう》させないことが重要です。あす以降も、以前と変わらず友好的な《界》たちの協力を仰《あお》ぎながら情報収集をつづけますが、我々も落ち着いて行動しましょう。いいですね？」

大伯母《おおおば》の声が、遠く近く、大きくなったり小さくなったりしながら聞こえている。だめだ。おばさんにまた、ぼーっとしていると思われてしまう。わかっているのに、意識はぼやけたようになったままだ。

ぼんやりと、三津は眺《なが》めている。島の歴史を描《えが》いた布絵で、壁《かべ》という壁が埋《う》めつくされていたあの一室を。

まるでその場に身を置いているかのように、いまは目にしていない一枚一枚を、見開いた目で眺《なが》めている……。

江戸《えど》から明治へと時代が変わり、〈暗がり〉を失った妖怪《ようかい》たちは、日本全国からこの島に集まってきた。

もとからいた《界》たちも、新しい妖怪たちをこころよく受け入れ、人と妖怪が共存する島として化け之島《ばのしま》は発展をつづけていく。

そんな中、クダンとサトリの両者が、突如《とつじょ》として島に混乱をもたらしはじめる。

混乱をおさめるため、立ちあがったのが江場家の娘《むすめ》、一津《いつ》だった。妖怪や魑魅魍魎《ちみもうりょう》を制圧する力を持つ不動明王、滝霊王《たきれいおう》に助けを求め、のちに江場家に受《う》け継《つ》がれることとなる《黙約《もくやく》》と引《ひ》き換《か》えに、《江場家の娘》は島に平和をもたらす。

化け之島が、江場家の島を略した場家之島《ばけのしま》と呼ばれるようになったのは、そうした歴史があってのことだ。

一津の血を引く《江場家の娘》であり、自身の初恋《はつこい》が島の命運をにぎる立場でもあったことを、移住してきてはじめて三津は知った。

幼いころに自覚のない初恋《はつこい》をし、魂《たましい》の一部が抜《ぬ》け出《だ》す現象――《寄託《きたく》》に見舞《みま》われていることも、教えられた。

三津の初恋は、相手によっては《黙約《もくやく》》をやぶりかねないのだという。ならばと、三津は自らの意志で、その初恋を消滅《しょうめつ》させた。失われた記憶《きおく》は失われたままになり、〈生きづらさ〉のようなものもまた、残ることになる。そう教えられても、三津の気持ちは変わらなかった――。

「おーい」

目の前で、ひらひらと手のひらが揺《ゆ》れている。小さく体を揺らした三津は、目の前で揺れている手のひらの主をさがした。

五月人形のような素朴《そぼく》な顔が、横からつき出されているのに気づく。食事中は向かい側の席にいたはずの、尉砂憧吾だった。いつのまに移動してきたんだろう？ と不思議に思う。

「いつまでそうやってぼーっとしてるつもり？」

あきれたようにいう憧吾のほかには、すでにだれも残っていなかった。全員、食後のデザートのため別室に移動したあとだという。

「あんまりぼーっとしてるから、とりあえずそっとしておこうって。みんな先にいったんだけど、オレはちょっと淡島《あわしま》に話があったから、引き返してきた」

白地に黒のボーダー柄《がら》のトップスを着た憧吾は、テーブルのはしに軽く腰《こし》を引っかけて、三津の顔をのぞきこんでいた。小巻に見つかったら、行儀《ぎょうぎ》が悪いとしかられるにちがいない。

「となり、座《すわ》る？」

そういって三津は、空いていた左側の椅子《いす》を目線で示した。憧吾は素直《すなお》にテーブルから離《はな》れる。すとんと椅子に腰をおろしてから、あのさ、と唐突《とうとつ》に話しはじめた。

「オレ、今回のことはあいつが裏で糸引いてるんじゃないかと思ってる」

「あいつ？」

三津は少しだけ椅子の角度を変えて、となりの憧吾に向き合った。

「有楽《うら》んところの宇沙巳《うさみ》」

ええっ、と大きな声を出しそうになった三津は、あわてて手のひらで口もとをおおった。

「いままで友好的だった《界》たちが、いきなりおかしくなるなんて、なんかきっかけでもない限り考えられなくない？　あいつだったら動機もあるし、影響力《えいきょうりょく》だってある」

憧吾のきっぱりとしたいい方に、三津は圧倒《あっとう》されてしまう。

有楽宇沙巳。いまはただの中学生だけど、もとは神さまという、摩訶不思議《まかふしぎ》な立場の男の子だ。神々の怒《いか》りを買い、人間としてこの世に産み落とされる、という罰《ばつ》を受けたのだと聞いている。

たしかに宇沙巳には、不穏《ふおん》なところがある。三津に《黙約《もくやく》》をやぶらせれば、この島の平和を乱せるかもしれない。そのどさくさにまぎれて、人としての一生を終えるよりも早く神さまにもどしてもらえるんじゃないか——そんなようなことを考えているようだと聞いたこともある。

……本当に、宇沙巳くんが？

憧吾の顔を見つめたまま、三津は考えこんでしまった。

どうしてまた？

江場《えば》家と消防、警察、役所の各部署が協力する形で、被害《ひがい》への対応は進んだ。夜が明けるころには各所の不具合は解消。通行止めは解除され、水は出るようになり、電気もつくようになった。いまのところ、さらなる被害は出ていないそうだ。

三津《みつ》は着替《きが》えのシャツを取りに、いったん〈灯台〉にもどることになった。

「三津さまのお住まいにおうかがいするなんて、緊張《きんちょう》いたします」

となりでそんなことをいい出したのは梅《うめ》だ。多岐《たき》は引きつづき、《界《かい》》たちからの情報を集めているため、代わりに梅が、いっしょにいってくれることになった。

「いつでも気軽に遊びにきてくれていいんですよ？」

「そんな！　滅相《めっそう》もございません」

梅はもちろん、菊《きく》も桜《さくら》も、多岐と同じく一線を引いた態度を崩《くず》さない。それでも、不思議と三津は、三人との距離《きょり》はもう感じていなかった。三津を特別な人として第一に考えて行動するのは、彼女《かのじょ》たちのキャラクターのようなものだとわかってきたからだ。

崖《がけ》の岩肌《いわはだ》に張りつくように設置された赤い階段を、三津が先に立ってのぼっていく。

「お休みの日って、梅さんたちはなにをされてるんですか」

「わたくしどもですか？　お弁当を作って海岸にピクニックにいったり、哉重《かえ》さまの真珠《しんじゅ》の養《よう》殖場《しょくじょう》を眺《なが》めにいったり……でしょうか」

「どっちも楽しそう。わたしもいってみたいです」

「ええっ？　そっ、そんなこと、許されますでしょうか？」

「だれにだめだっていわれるんですか？」

「それは……ご当主ですとか、多岐さまですとか、もしかしたら哉重さまもだめだとおっしゃるかも……」

「だったら、わたしがおばさんにきいてみてもいいですか？　梅さんたちとお出かけしてもいいかどうか」

「わっ、わたくしどもはかまいませんけれども」

「じゃあ、きいてみます。いいっていってもらえたら、ごいっしょさせてくださいね」

「もっ、もちろんでございます！」

階段をのぼりきると、開けた空間が見えてきた。奥《おく》のほうにまっ白な〈灯台〉が建ち、その向こうには雲ひとつない青い空と、朝日を浴びてきらきらと光る海が、どこまでも広がっている。

「あっ」

いきなり梅が叫《さけ》んだ。少し遅《おく》れて三津も、「ああ……」とため息のような声を小さく漏《も》らす。

玄関先《げんかんさき》に、小動物の死骸《しがい》があった。全身をおおう毛がぐっしょりと血で濡《ぬ》れている。いつかのハクビシンの死骸とまったく同じ状態だった。

「三津さまはここでお待ちください！　わたくしがすぐに――」

駆《か》け出《だ》そうとする梅を、「待って」と三津は引き止めた。

「あのハクビシンは、きっとまた、わたしへのいやがらせのためにあんなことになってしまったんだと思います。だから、わたしがきちんと……」

三津は、玄関先へと足を進めた。玄関のドアを開けると、急いで中からバスタオルを持ってくる。梅は、『三津さまにいわれたことには逆らえない』というように、ハクビシンの前に立ってじっとしていた。

前と同じ庭の茂《しげ》みに、バスタオルに包んだハクビシンを運ぶ。土の上にそっと死骸を置き、落ち葉を少し上にかけておいた。三津にできることは、それくらいだ。最後に、心をこめて手を合わせた。

少し離《はな》れてうしろをついてきていた梅に、「さあ」と声をかける。

「急いで着替《きが》えなくちゃ、ですね」

桃色《ももいろ》の着物姿の梅の背中を押《お》しながら、三津は歩き出す。

頭の中では、『どうしてまた?』という問いかけばかりがぐるぐると渦巻《うずま》いていた。


ハクビシンの死骸《しがい》が玄関先《げんかんさき》に置かれる、といういやがらせのようなものは、唐突《とうとつ》にはじまって、唐突に終わった。夏の盛《さか》りのころのことだ。

以来、《御殿之郷《ごてんのさと》》の敷地内《しきちない》にある森のハクビシンは姿を消している。犯人はわからずじまいだったものの、三津の中ではすっかり終わったことになっていたのだ。

「……つ、みーつ! きょうはまた一段と、ぼーっとしてるね」

すぐ目の前に、胡子《ここ》の顔があった。

前の席の椅子《いす》に逆向きに座《すわ》り、三津の顔をのぞきこんでいる。

「うん……なんか、いろいろ気になっちゃって」

「きのう、すごかったもんね。大騒《おおさわ》ぎだったんじゃない？　三津のところも」

「そういえば、胡子の家の裏庭が陥没《かんぼつ》したって聞いたけど」

「そうなの！　ぽっかり穴が空いた状態。めちゃくちゃ不気味だよ」

そこに、薫《かおる》が加わってきた。

「わたしも見にいったけど、なにこれ、ブラジルまでいけんの？　って感じの穴だった」

相当、深い穴のようだ。

「まさかとは思うけど、むかしあった《界《かい》》の反乱みたいなやつ……じゃないよね？」

胡子がそういうと、薫がすぐに、「ないない」と否定した。

「だってあれは、クダンとサトリがやったんでしょ？　どっちもいまは、隔離《かくり》されてるんだから」

「そっか……」

ふたりの会話を聞いて、三津は察した。

この島の人たちは、クダンとサトリ以外の《界》が、自分たちにいたずら以上の害をもたらすことなんてあるわけがない、と信じきっているのだと。

そのくらい、この島の人たちは《界》を善き隣人《りんじん》だと思ってともに暮らしている。きのうの事態のすべてに、《界》が関わっていたという情報は、いまのところ島民には知らされていない。江場家と各所が相談の上、そうしたようだ。

だから、三津もふたりに、「じつはね……」と話すことはできない。

あれっ、といきなり胡子がすっとんきょうな声を出した。

「なんかきょう、人少なくない?」

もうじき朝のホームルームがはじまる時間だというのに、たしかに空席が多い。いつもならこの時間には、ほとんどの生徒が着席しているか、どこかの席で立ち話をしているか、だ。

「沖凪《おきな》と蘭子《らんこ》もいないじゃん!」

薫が叫《さけ》ぶようにいうと、離《はな》れた席にいた憧吾《どうご》が、「沖凪だったら、うちに連絡《れんらく》あったよ」と顔をうしろに向けて答えた。

「なんて?」

胡子の問いかけに、「休むって」とだけ答えて、憧吾は正面に向き直ってしまう。

「説明みじかっ」

薫がつっこむと、面倒《めんどう》くさそうに憧吾はもう一度ふり返って、「熱出たらしい。八度九分あるって」といった。

「ええーっ、めちゃくちゃ高熱！」

まわりからも、「マジで？」「沖凪、八度九分だって！」と驚《おどろ》きの声があがっている。

「うちもみやちゃんのママから連絡《れんらく》あった。やっぱり熱出てるって」

「うちはコータのかーちゃんから。すげー熱だから休むって」

さらに、自分も連絡を受けたという生徒たちが続々とあらわれはじめた。


欠席の多さから、この日の授業は午前中だけとなった。一年生だけではなく、二、三年生にも、多数の欠席者が出たためだ。

「じゃあねー、三津」

「うん、またね」

胡子と薫とは帰る方角がちがうので、校門前で別れた。ふたりとも、少し不安そうな顔をしていたな、と思う。三津だって、きのうからずっと落ち着かない気分のままだ。

ひとりで歩きはじめた三津に、「淡島《あわしま》」と背後から声がかかった。となりに憧吾がならんでくる。

「帰るとこ同じだし」

だから、いっしょに帰ろうということらしい。

「沖凪、だいじょうぶかな。八度九分って、かなりしんどいよね」

三津がそう話しかけると、憧吾は少しいいよどんでから、「じつはさ」といった。

「みんなの前じゃちょっといいにくかったんだけど、熱だけじゃないらしい」

「……どういうこと?」

「湿疹《しっしん》が全身に出て、血が出る咳《せき》をしてるって」

絶句した三津に、憧吾はわざわざ声をひそめて、「これは浜田《はまだ》に聞いたんだけど」と補足した。

「コータも同じ症状《しょうじょう》らしい」

「同じ症状って……じゃあ、感染症《かんせんしょう》?」

「どうなんだろうな。織田《おだ》のじいちゃんがかけずり回って診察《しんさつ》してるらしいけど」

感染症なら、沖凪やコータと同じクラスの自分たちも、じきに発熱するんじゃないだろうか。

背中が急に、ひやっとなるのを感じた。

だまりこんだまま、信号待ちをする。そこに、島に数台しかないタクシーのうちの一台が、ウインカーを出しながら近づいてきた。窓が開く。

「やあ、お久しぶりです」

ベージュのバケットハットをかぶった中年男性が、にこやかにこちらを見ている。瀬戸内常十余《せとうちつねとよ》――民俗学《みんぞくがく》の研究家であり、医学博士でもあり、そして、三津の実父でもある人物だ。江場家の主治医も務めており、大伯母《おおおば》の小巻《こまき》は、瀬戸内先生と呼んでなにかとたよりにしている。

妊娠中《にんしんちゅう》だった母から逃《に》げ出《だ》したことを知らされた三津は、怒《いか》りのあまり平手打ちをした。それ以来の再会だ。

「……お久しぶりです」

三津がそう返事をすると、瀬戸内先生はにこにこしながら、「乗っていくかい?」と車内を指さした。

だまって首を横にふる。となりの憧吾も、「歩いて帰ります」と答えた。

「では、またあとでお目にかかりましょう」

窓が閉まり、タクシーが走り出すと、三津は息継《いきつ》ぎをするように大きく息を吸った。

三津の母親も、かつて無自覚な初恋《はつこい》を経験したのだという。《江場家の娘《むすめ》》として、好きになってはいけない相手に恋《こい》をした。

その初恋が成就《じょうじゅ》してしまえば、《黙約《もくやく》》をやぶることになる。島の暮らしを守るため、大伯母《おおおば》たちは別の婚約者《こんやくしゃ》を与《あた》え、三津の母親も一度はそれを受け入れた。その婚約者が、瀬戸内先生だったのだ。

瀬戸内先生が去ったあと、三津の母親とともに暮らすことになったのが、元世話役の淡島未九《みく》里《り》だ。三津は、未九里を実の父親だと思って育った。母親は未九里との婚姻後《こんいんご》に出産したので、戸籍上《こせきじょう》でもそうなっている。

島を離《はな》れ、娘《むすめ》を産み、親となっても、三津の母親は初恋の相手を忘れられなかった。結局、三津が中学二年生のときに母親は初恋の相手と出奔《しゅっぽん》してしまう。それきり行方《ゆくえ》はわからない。連《れん》絡《らく》をもらったこともない。

だれを憎《にく》めばいいかもわからない三津にとって、瀬戸内先生だけが、わかりやすく〈ひどい人〉だった。

様子がおかしくなった婚約者を、元世話役に押《お》しつけて、自分は好きな民俗学《みんぞくがく》に没頭《ぼっとう》しながら生きてきた人。

この人なら憎んでもいいはず。三津の中には、そんな気持ちがあった。

「あの人のこと、きらいなの？」

となりを歩く憧吾が、不意にたずねてきた。

「きらい……っていうよりは、きらいになってもいい人だって思ってる感じ」

「なんだそれ」

「なんだろうね、ホント。自分でもよくわからない」

久しぶりに、胸の奥《おく》のブラックホールをのぞきこんだような気分になった。

そうだった。自分にはこれがあるんだった、とたったいま思い出したように、じっと見つめる。その暗がりを。

自覚のない初恋《はつこい》を消滅《しょうめつ》させたときから、このブラックホールとはつきあいつづけていく、と覚悟《かくご》は決めていた。決めていても、こうして実際にのぞきこむと、どうしようもなく心細く、どこまでも深い穴におちていくような気分になってしまう。

ブラックホールから気をそらすために、三津はずっと気になっていたことを憧吾にたずねてみることにした。

「ねえ、憧吾くん」

「なに？」

「もしかして、沖凪とつきあってた?」

憧吾が、ぎょっとした顔を三津に向ける。

「だれからその話……」

やっぱりそうなんだ、と三津は思った。

「だれにも聞いてない。ただ、思っただけ。もしかしてそうなんじゃないのかなって」

気まずそうな顔をしながらも、憧吾は当時のことを話してくれた。

「六年のとき、沖凪から告白された。あいつとはなんかむかしから気が合って、おたがいの家に遊びにいったりもしてたから、あーそっか、そうなるのが自然かって思って」

つきあい出してはみたものの、半年も経《た》たないうちに、なんかちがう、と思うようになったそうだ。

憧吾のほうから、友だちにもどろうと告げ、そのほうがよさそうだね、と沖凪もそれを受け入れた。すんなりと、彼氏彼女《かれしかのじょ》の関係は解消したのだという。

「いまは、ふつうに友だち」

「そっか」

憧吾がいきなり、はーっ、と大きなため息をつく。

「淡島って、勘《かん》いいのな」

「そうかな」

「高見《たかみ》と田口《たぐち》、あとは田島《たじま》くらいしか知らない話だし、ほかの連中には気づかれてなかったんだけどなあ」

「ホントは気づいてたんだけど、だまってただけなんじゃない？」

「それはない」

「どうして？」

「沖凪とつきあってたとき、オレに告白してきたやついるもん」

「あー……」

たしかに、つきあっていることを知っていたら告白はしにくいはずだ。

「っていうか」

「なに？」

「もてるんだね、憧吾くん」

「もてるっていうか、単純に人が少ないからじゃない？」

いつだったか多岐がいっていた。意外に憧吾は平気で、女の子をどきっとさせるのだというようなことを。

本当に、自覚がないのかもしれない。自分が女の子たちからどう思われているのかとか、そういうことに。

憧吾が、正面を向いたままぽつりといった。

「あ、ふみくんだ」

「え？」

憧吾の視線の先に目をやる。車道をはさんだ反対の歩道に、多岐がいた。いつもの黒いスーツ姿ではなく、ラフなスウェットを腕《うで》まくりしている。髪《かみ》もセットしていない。どこかに走っていこうとしている最中のようだった。

「多岐さん！」

三津が呼びかけると、驚《おどろ》いた様子で多岐がふり返る。

「三津さま……そうか、休校になったんですね？」

「はい、休校になりました。多岐さんはどちらへ？」

「織田先生をおつれしにいくところです」

「織田先生をですか？」

気がついたときには、三津は車道を横切って走り出していた。多岐は足を止め、待ってくれている。

「すでにご存知かとは思いますが、今朝からたいへんな数の人間が同じ症状《しょうじょう》を訴《うった》えております。織田医院にはもう空いているベッドもないとのことなので、《御殿之郷》の大広間を臨時の診療所《しんりょうじょ》として使っていただくことになりました。瀬戸内先生にも、診察にあたってもらうことになっています」

重症の場合には、客室のベッドで休んでもらうこともできる。大伯母《おおおば》の小巻がそう判断し、受け入れの準備をはじめているそうだ。

「おーい、寿文《としふみ》くーん」

細い路地の奥《おく》から、野太い声が聞こえてきた。見れば、大荷物をかかえた織田先生――絵に描《か》いたようなおじいちゃん先生だ――が、よたよたとこちらに向かって歩いてこようとしている。

「いまいきます！」

路地まで車が入れられなかったようで、車道が広くなっている部分に、黒のデボネアが停《と》めてあった。

三津と憧吾もすぐに、多岐のあとを追って織田先生のもとに向かう。荷物をわけ合って持ち、デボネアに積み終えると、ついでに三津と憧吾も乗せてもらい、《御殿之郷》へと急いだ。


「三津にたのみたいことがあります」

執務机《しつむづくえ》の向こうから、小巻はそういった。

その表情は、あくまでも冷静だ。それでいて、どこか緊張《きんちょう》しているようにも見えた。なにをたのまれるんだろうと、三津までぴきんとかたくなる。

帰宅してすぐ、診療所《しんりょうじょ》として使えるようにするため、ついたてや補助ベッドを大広間に運ぶ手伝いに加わっていた。

そんな三津を、急遽《きゅうきょ》、小巻が執務室に呼んだのだ。

「長壁姫《おさかべひめ》のお屋敷《やしき》へいってもらいたいのです」

なんだ、そんなことならよろこんで、とほっとしたのもつかの間、

「昨晩から、姫さまと連絡《れんらく》が取れないのです」

思いもよらないことを、小巻から告げられた。

「連絡が？」

「いっさい通じません。姫《ひめ》さま専用の電話のようなもの――いわば、声のみでやり取りできる《御道《おんどう》》とでもいうべきものが、わたくしの執務室《しつむしつ》にあります。何度も呼びかけているのですが、応答がないのです。ですから、だれかが直接、姫さまのお屋敷《やしき》に様子を見にいく必要があるのですが……」

いまの《御殿之郷》の状況《じょうきょう》を考えれば、それができるのは自分だけだ。

「いますぐ、いってまいります」

きっぱりと、三津は答えた。

人力車を正面玄関《げんかん》の前で待つあいだも、次々と具合の悪そうな人たちが《御殿之郷》にやってくる。中にはクラスメイトとその保護者もいたし、顔なじみの図書館の司書さんや、何度か入ったことのあるスーパーのレジのおばさんもいた。

胸が騒《さわ》ぐ。こんな異常事態の中で、長壁姫との連絡《れんらく》が取れないなんて、と。

「お待たせしました、お嬢《じょう》さん！」

珍《めずら》しく息を切らして、車夫の男性が人力車を引いて三津の前までやってきた。申し訳ないけれど、休んでもらうわけにはいかない。

すぐに三津は飛び乗った。

長壁姫《おさかべひめ》の《先読み》

人力車をおりた三津《みつ》は、いつものように、ふっくらと炊《た》きあがったお米のにおいがしてくるのを待った。

このにおいに誘《さそ》われることで、長壁姫のお屋敷《やしき》への道に入ることができるのだ。

いつまで待っても、お米のにおいがしてこない。不安になった三津は、「姫さまあ」と呼びかけてみた。返事はない。

「長壁姫さまー」

もう一度、呼んでみた。やっぱり返事がない。

「藻留《もる》さーん」

代わりに、いつも長壁姫のまわりで雑事をこなしている日本人形の名前を呼んでみた。

とたんに、目の前がまっ白になる。きぃ、と木製の扉《とびら》が開く音がしたかと思うと、どんっ、とすねのあたりに衝撃《しょうげき》を受けた。あやうくよろめきそうになった三津に向かって、「三津どのーっ」とさけぶように呼ぶ声が聞こえてくる。

見下ろすと、三津の両足をかかえこむようにして、藻留がしがみついていた。

「藻留さん！」

「やっときてくださった！　早く、早く中へお入りくださいませ！」

せかされるまま、とことことことこと進む藻留のあとにつづいた。


いつもの大広間に駆《か》けこんだ三津は、あっ、と小さく悲鳴をあげて、その場に立ちつくした。

板張りの広大な床《ゆか》のまん中に、布団《ふとん》が一組、ぽつんと敷《し》かれている。そこに横たわっているのは、土気色の顔をした老婆《ろうば》のような姿の女性だった。

「姫《ひめ》さま……ですか？」

おそるおそる三津が呼びかけると、閉じていた目が、そっと開いた。

「三津……どの……」

ああ、この目は姫さまだ！　と思った瞬間《しゅんかん》、はじかれたように三津は走っていき、布団のそばに両ひざをついた。

「姫《ひめ》さま！」

布団《ふとん》の上に組まれていた手を、おおようにしてにぎる。

「ああ……三津どのの手は冷たくて、とても気持ちがいい……」

しぼり出す声も、かすれている。鈴《すず》のように澄《す》んだ声だったのに、と三津の目には、あっという間に涙《なみだ》がたまった。

「いったいなにが……ご病気……ではありませんよね？」

「ええ……筋のよくない〈呪《しゅ》〉を、なにものかに放たれたようです……」

「〈呪〉を？」

「不意をつかれたものですから、まともに受けてしまいました……」

しゃべるのもつらそうだ。三津は、もうしゃべらなくてもだいじょうぶです、と伝えるつもりで、ふるふると首をふった。

「すぐに状況《じょうきょう》を大伯母《おおおば》に伝えて、こちらにきてもらいます。大伯母になら、なにかできることが……」

今度は長壁姫が、首を横にふった。

「いまはたいへんなとき……ご当主のお手をわずらわせるわけにはまいりません」

「でも！」

「わたくし自身がどうにもできないのです。たとえ江場《えば》家のご当主とはいえ、小巻《こまき》どのは一介《いっかい》の《現《げん》》。できることなど、そもそもありはしないでしょう……」

そんな、とつぶやくようにいった三津に、長壁姫は土気色の顔でわずかにほほ笑《え》んでから、藻留を枕《まくら》もとに呼んだ。

「例のものを」

藻留はすぐさま、帯のうしろにはさんでいた手紙らしきものを手に取った。うやうやしく、三津にさし出す。

「ご当主にお渡《わた》しください。このような状態になる前に、今回の騒動《そうどう》について見ておいた《先読み》です。あまり多くは見ることができませんでしたが、なにかしらの手がかりにはしていただけるのではないかと……」

三津は両手でしっかりと、手紙を受け取った。頭の位置を低くして、藻留の顔をのぞきこむ。

「たしかにおあずかりしました。藻留さん、姫《ひめ》さまのこと、よろしくお願いしますね」

「はい！」

後《うし》ろ髪《がみ》を引かれながらも、三津は長壁姫のお屋敷《やしき》をあとにした。

先読みの一、と書かれたその横には、こうあった。

『熱を発す者、多数』

きょうのことだ。

つづいて、先読みの二。

『土、溶《と》けるがごとく、家々も沈《しず》む』

地滑《じすべ》りがさらに起きるということだろうか。家々も沈む、というのは地滑りに巻きこまれる家があるということ？

そして、先読みの三、の横にはこうあった。

『滝霊王《たきれいおう》の御前《おんまえ》、《江場家の娘《むすめ》》の姿あり』

そこまで目を通したところで、三津は手紙から顔をあげた。執務机《しつむづくえ》の向こうにいる小巻を見る。先に読み終えていた小巻は、小さくうなずいてみせた。

「おそらく、あなたのことでしょう」

「哉重《かえ》さんのことでもありますよね？　《江場家の娘《むすめ》》は」

小巻は、そっと額を押《お》さえた。

「それはそうですが……あの子はいま、とても動ける状態ではありません」

くらっ、と目が回ったようになり、三津は足もとをふらつかせた。ななめうしろに控《ひか》えていた多岐《たき》が、すかさず肩《かた》を支えてくれる。視界はまだ揺《ゆ》れていたものの、すぐに三津は告げた。

「ありがとうございます。もうだいじょうぶです」

多岐の手が、そっと離《はな》れていく。

「哉重さんも……発熱したんですね？」

覚悟《かくご》を決めて三津がそうたずねると、小巻は、ええ、と答えながら執務机《しつむづくえ》から立ちあがった。

「哉重の看病には菊《きく》をつけてあります。いまのところ、感染症《かんせんしょう》ではないようだと織田《おだ》先生も瀬戸内《せとうち》先生もおっしゃっていますが、念のため、あなたは哉重に近づかないように。それと、姫《ひめ》さまの《先読み》では、あなたが滝霊王のもとを訪ねる事態もありえるようですが、いま現在、その必要はありません。あなたは《御殿之郷《ごてんのさと》》の敷地内《しきちない》から、わたくしの許可なく出ないこと。いいですね？」

それだけのことを一気に三津に向かっていうと、「すぐに出発します。支度《したく》を」と多岐に命じて、小巻は執務室《しつむしつ》から出ていってしまった。

「あの、多岐さん」

「はい」

多岐とふたりだけになったのは、久しぶりな気がした。

「この島で、いまなにが起きているんだと思いますか?」

「……早計なことは、申しあげられません」

「でも、多岐さんなりに予想していることはありますよね?」

「それは……」

多岐はうそをつかない。いいよどむということは、今回の騒動《そうどう》について、多岐なりに考察していることがあるということだ。

「教えてください。わたしにもできることがあるかもしれないのに、なにが起きているのかわからないままでは、なにもできません」

口もとを手のひらでおおいながら、うめくように多岐はいった。

「有楽《うら》の……宇沙巳《うさみ》なら、とは思いました。人の身ではありますが、完全な人間というわけでもありません。《界《かい》》の中でも流されやすいタチのものたちなら、あやつれるのかもしれない、と」

多岐さんからも、宇沙巳くんの名前が！

浅くなりはじめた呼吸を整えるため、三津はゆっくりと深呼吸をした。

「《界》をあやつってこの島をめちゃくちゃにすれば、こんなあぶない存在を人間のまま置いておくわけにはいかない、一刻も早く神さまにもどそう、と神さまたちは考えるかもしれない……そう期待して？」

「そんなふうに想像することはできる、というだけの話です」

多岐が、はっ、とした表情になりながら、「申し訳ありません」といった。

「当主をお待たせしておりますので」

「あっ、はい！　いってください」

「くれぐれも、当主のいいつけどおりになさっていてください。いいですね？」

そういい残して、多岐も執務室《しつむしつ》から去っていった。

ふう、と小さく息を吐《は》いてから、窓際《まどぎわ》へと向かう。縦に長い窓がいくつもならんだ明るい窓辺に立ち、正面玄関《げんかん》の前に広がる駐車場《ちゅうしゃじょう》を見下ろす。

多岐を従えた小巻の着物姿があらわれ、黒いデボネアの車内に消えた。人力車に乗らなかったということは、目的地は長壁姫のお屋敷《やしき》ではないようだ。

三津の顔に、ふとなにかを思いついた、という表情が浮《う》かぶ。

「出ちゃいけないっていわれたのは、《御殿之郷》の敷地内《しきちない》だけ……」

三津は、診療所《しんりょうじょ》として機能しはじめた大広間をのぞきこみ、ちょうど手が空いた様子の梅《うめ》を呼んだ。

「三津さま！　こちらにいらしてはいけません。どうぞお部屋で休まれていてください」

梅は、防塵用《ぼうじんよう》のマスクをつけていた。感染症《かんせんしょう》の疑いはないようだと判断されたものの、患者《かんじゃ》に間近で接するときには、念のためマスクをつけておくよう指示が出たのだろう。

「だったら、いったん〈灯台〉にもどってもいいですか？　ついでにあちらで少し休んできます」

「それはいいお考えです！　こちらが落ち着くまでは、三津さまはあちらにいらしたほうがいいと思います」

「どうしても手が足りなくなったら、いってください。お手伝いしますから」

「そんなことは気になさらないでください。それより、いまはわたくしも桜《さくら》も持ち場を離《はな》れるのがむずかしく、菊は哉重さまのおそばにおりますので、三津さまをお送りしていくことができないのですが……」

「いつものルートをいくだけです。ひとりでもだいじょうぶですよ」

三津がそういっても、まだ心配そうな顔をしていた梅に、織田先生の野太い声が飛んできた。

「梅ちゃーん、氷嚢《ひょうのう》こっちにも持ってきてくれるかーい」

「はいっ、ただいまお持ちいたします！」

いってください、と三津が目でうながすと、ぺこっと頭をさげて梅は走っていった。


もしかしたら、また置いてあるかもしれない……。

内心、びくびくしながら赤い階段をのぼりきり、開けた空間の奥《おく》に建つまっ白な〈灯台〉の玄《げん》関《かん》に目をやる。

ない。なにも置かれていない。

ほっとしながら、三津は玄関の前に立った。鍵《かぎ》をさし入れて回し、扉《とびら》を開く。しんと静まったリビングが、目の前に広がった。

「たすくちゃん？」

いる気配はなかったけれど、一応、声をかけながら靴《くつ》を脱《ぬ》ぐ。

なんとなく部屋の空気がよどんでいるように感じた。すぐに窓を開けにいく。芝《しば》を張った庭の向こうには、よく晴れた秋空だけがあった。波の寄せる音に、かすかに混ざるのは鳥の鳴く声だ。

三津が〈灯台〉にもどってきた理由は、ふたつあった。

ひとつは、たすく。今回の騒動《そうどう》が起きる前に顔を合わせたきりだ。小巻たちのもとに話をしにきた《界《かい》》の中には、《つくもの会》に所属する付喪神《つくもがみ》も混ざっていたけれど、たすくはいなかった。

「たすくちゃーん」

リビングに向き直り、もう一度、呼んでみた。返事はやっぱりない。

しょうがない、たすくちゃんの気まぐれはいまにはじまったことじゃないし、と気持ちを切りかえた三津は、開け放した窓の向こうの庭へ足先をおろした。

置きっぱなしにしてあるサンダルをはき、芝の上を進む。波の音がさっきよりも大きくなった。風に髪《かみ》を乱されながら、空をじっと見つめる。

どこかにきっと、いるはず――。

三津は、黒い点がどこかに見えてこないかと、目を凝《こ》らしつづけた。

「あ」

黒い点を見つけた。見る間にそれは一羽《わ》の烏《からす》となる。三津のいる庭の上までやってきて、優雅《ゆうが》に旋回《せんかい》した。

「あの、遠雷《えんらい》さんに会いたいんです。そう伝えてもらえませんか?」

烏は天狗《てんぐ》の仲間で、上空から常に島の様子を偵察《ていさつ》している。三津はそのことを知っていた。

三津が〈灯台〉にもどってきたもうひとつの理由が、これだ。

大天狗《おおてんぐ》の遠雷。

遠雷に会って、話をしたかった。この島で起きていることを、遠雷なら正確に知っているにちがいない、と思ったからだ。

烏が、甲高《かんだか》く鳴いた。鋭《するど》く、一度だけ。すると、見る間に四方八方から無数の烏が集まってきて、頭上が暗くかげった。

「あのー、すみません」

頭上に気を取られていたら、いきなり足もとから、小さな男の子の声が聞こえてきた。

「わっ」

びっくりした、といいながら三津がふり返ると、そこには黒い着物に黒い袴《はかま》をはき、背中には黒い翼《つばさ》を広げているミニサイズの天狗《てんぐ》がいた。

「てん……ぐ？　天狗……だよね、きみも」

「天狗ですが？　どこからどう見ても天狗にしか見えないと思いますが？」

幼稚園《ようちえん》の出しもの向けに、天狗のコスプレをしているようにも見える……と思ったことはだまっておくことにした。

「ごめんなさい、おかしなことききいちゃって。えっと……どうしてここにきてくれたの？」

「ぼく、遠雷さまに伝言をたのまれました。おとなの天狗だとお嬢《じょう》さんをこわがらせるかもしれないから、小天狗《こてんぐ》のおまえにお使いをたのむって」

「遠雷さんが……伝言を？」

「『夜になるまで手が空《あ》かない。それでもいい？』とのことです」

夜になれば、会えるということだ。

「それでだいじょうぶです」

三津の返事に、こく、とうなずくと、ミニサイズの天狗は、ばさりと翼を動かした。あぶなっかしい動きで、浮上《ふじょう》しはじめる。

「あっ、あの、き、気をつけて！」

あまりに不安定な飛び方をするものだから、つい声をかけてしまった。

「心配ご無用！」

ぴしゃりといって、小天狗《こてんぐ》はほかの烏《からす》たちとともに、空の彼方《かなた》へと飛び去っていった。

証拠《しょうこ》のハグ

浮《う》き世離《よばな》れしているように見える梅《うめ》たちも、スマートフォンはちゃんと所有している。

【疲《つか》れが出たようなので、今夜はこのままこちらで休みます。おばさんたちにはそのように伝えてください】

三津《みつ》の送ったメッセージに、梅からの返信は早かった。

【ぜひそうなさってください！　もしご体調に変化がありましたら、どんな小さなことでもお知らせくださいませ！】

ありがとうございます、とだけ返信をして、スマートフォンをテーブルの上にもどす。よし、と思う。これで、夜になったら遠雷《えんらい》さんに会える。

リビングの窓の向こうが、淡《あわ》いピンクやオレンジに染まっていくのを眺《なが》めながら、夜になるのを待つことにした。

着替《きが》えは済ませている。選んだのは、部屋着よりも少しだけよそいきのワンピースだ。濃紺《のうこん》のインド綿で、スクエアカットのノースリーブ。胸から下がふわりと広がっている。

リビングのソファに沈《しず》みこんだ三津は、ひざの上にかかえたクッションに向かって、ぼそりとひとりごとをいった。

「たすくちゃん……どうして出てきてくれないのかな」

クッション代わりに、たすくをひざの上にかかえるのが三津は好きだ。間近で浴びるため息もまたいい、といって、たすくも特に抵抗《ていこう》はしない。だから、たすくをかかえすぎて避《さ》けられている、ということもないはずなのだけど――。

「べたべたしすぎたのかな……」

たすくがあらわれない理由を、あれこれと考えているうちに、空にも海にも、群青《ぐんじょう》がまだらに混ざりはじめていた。

ここから闇《やみ》の色味の幕がかかるまでは早い。夏の盛《さか》りを過ぎてからは、暗くなるのはあっという間だ。

たすくはやっぱりあらわれない。薄暗《うすぐら》くなった部屋の中で、三津はただ、暮れていく窓の外を見つめている。

ぎゃあうあひあぐあーっ。

ぞぞっと腕《うで》の産毛《うぶげ》が逆立つノイズのような音が、窓の向こうから聞こえてきた。見れば、西の空はまだ少し明るさを残しているというのに、庭の上空だけが黒く染まっている。

三津はあわててクッションを放り、庭へと飛び出していった。

烏《からす》たちの鳴き声はもう消えている。

芝《しば》の庭のまん中に、遠雷が立っていた。背中の翼《つばさ》はしまわれて、黒一色の着流しを身にまとっただけの姿だ。和装の遠雷を目にしたのは、久しぶりだった。少しだけ、近づきにくさのようなものを感じる。

足が止まってしまった三津の代わりに、遠雷のほうから近づいてきた。わけもなくあとずさりたくなるような気持ちが、じわりと胸の中に広がる。

「やあ、三津」

遠雷は、気軽な様子で声をかけてきた。三津は、ぺこ、と小さく頭をさげるので精いっぱいだ。

会ったらあれもきこう、これもきこうと思っていたはずなのに、いまはただ、早く部屋にもどりたい、という気持ちしかない。どうして急にそうなったのか、三津にも不思議だった。久しぶりに顔を合わせて、緊張《きんちょう》してしまった？　それとも、圧倒的《あっとうてき》に異質な《界《かい》》に対する本来の感覚がもどってきた？

思わず視線を足もとに落としてしまう。とても遠雷の顔を見ていられなかった。

「三津が呼んだくせに」

そういいながら、遠雷がさらに近づいてくる。うつむいた三津の顔を、下からのぞきこもうとしているのがわかった。

あわてて顔をあげ、目を合わせる。

「すみません……自分でもよくわからないんですけど、なんだか急に、遠雷さんがいつもの遠雷さんじゃないような、そんな気がしてしまって」

自分が感じているままを、どうにか言葉にすることができた。

遠雷は、ああ、なるほど、といいながら、ほほ笑《え》んでうなずく。

「ついさっきまで、たてつづけに何体かの《界》と〈話し合い〉をしていたからかな」

「話し合い……ですか？」

「そのくらいにしておいたほうがいいよって、まあ、そんな話をね」

相手はおそらく、ガス漏《も》れや停電、水道管の破裂《はれつ》、多数の人々を苦しめている高熱の症状《しょうじょう》なんかに関わった《界》たちだ。

そして、遠雷は〈話し合い〉というやんわりとしたいい方をしたけれど、実際のところは、もう少し強制力のある、警告に近いものを与《あた》えにいっていたのではないだろうか。

そのため、ふだんは抑《おさ》えている《界》としてのオーラのようなものが、全開になっていた。そう考えれば、納得《なっとく》がいく。その名残《なごり》が、遠雷の体にまとわりついたままになっていたのかもしれない、と。

「出直そうか？」

とうとう遠雷が、そんなことをいい出した。三津は迷わず答える。

「だいじょうぶです！」

「……本当に？」

「本当に」

「あんまりびくびくされると、さすがにちょっと傷つくんだけど」

「もうびくびくしません」

じゃあ、はい、といって、遠雷が両腕《りょううで》を開いた。

「証拠《しょうこ》のハグ」

ゆるい癖《くせ》のついた髪《かみ》を初秋の夜風に遊ばせながら、遠雷は余裕《よゆう》たっぷりに笑っている。からかっているのだ。

三津は、えいっ、とばかりに開かれた腕の中に飛びこんでいった。

「おっ……と」

まさか本当に応じるとは、と驚《おどろ》いているのか、遠雷の腕は開いたままだ。

「証拠のハグ、です」

間近に見上げてそういうと、遠雷は笑い声をあげた。つられて三津も、笑ってしまう。

まったく、といいながら、遠雷が三津の両肩《りょうかた》をそっとつかんだ。そのままゆっくりと、三津の体を自分から遠ざけていく。

あらためて、その顔をじっと見る。もうすっかりいつもの遠雷さんだ、と三津は思った。

「で？　三津はどうしてオレに会いたかったの？」

「あっ、はい、お話を聞かせてもらいたいと思って」

「話っていうのは、きのうから起きていることの？」

「そうです。あと、長壁姫《おさかべひめ》に起きたことはもうご存知でしょうか？」

「うん。いまはうちの若頭《わかがしら》につきっきりで看《み》てもらってる。さっき報告があったよ。何種か薬草も試《ため》してみて、呼吸だけは楽にできるようになったようだって」

「本当ですか？　よかった……姫さまのおそばに、遠雷さんのお仲間の方がついてくださってるんですね」

「オレの次に神通力《じんずうりき》も強いし、知識も豊富なやつだから、安心して。オレもこのあと、様子を見にいくつもりだし」

ふう、と三津は大きく息をついた。ほっとしすぎて、力が抜《ぬ》けてしまいそうだ。

「なんだかね」

遠雷が、黒い袖《そで》の中にするりと両手をすべりこませながら腕組《うでぐ》みをする。和装ならではの仕草が、とてもさまになっていた。

「どうも連中の話が要領を得ないんだよ」

「連中というのは、遠雷さんが〈話し合い〉をしてきた《界》のことですか？」

「そう。気がついたらやってしまっていただとか、体が勝手に動いただとか、そんなことばっかりいってて」

「だれかをかばってる……とか?」

「どうなんだろうねえ。そうかもしれないし、そうじゃないかもしれない」

「もし、だれかをかばってるとしたら、それってもしかして……宇沙巳《うさみ》くんですか?」

「うさみ? ああ……一目連《いちもくれん》のこと?」

一目連というのは、有楽《うら》宇沙巳が神さまだったときの名前だ。遠雷は、宇沙巳が一目連だったときからの知り合いなのだという。

「つまり、宇沙巳が今回の騒動《そうどう》の黒幕なんじゃないかって三津は考えてる?」

「前に、そんなようなことを宇沙巳くんがいっていたので」

「いってたね。三津の初恋《はつこい》の相手になって、滝霊王《たきれいおう》との《黙約《もくやく》》をやぶらせたい、みたいなことを」

「そうすれば、クダンとサトリの隔離《かくり》が解放されて、島が大混乱におちいる。そんな状態になれば、さすがに神さまたちも自分の処遇《しょぐう》を考え直すかもしれない……それが、宇沙巳くんの狙《ねら》いでしたよね」

たぶんね、といいながら、遠雷が顔にかぶさってきていた髪《かみ》をかきあげた。暗がりの中で見ているからなのか、いつもよりもさらに肌《はだ》の色が白く、きめも細かく見える。

こんなきれいな人が男の人だなんて、と思いかけて、三津は、はっとなった。ついさっきまでは大天狗《おおてんぐ》としての存在感に圧倒《あっとう》されていたのに、と。

いま見ている遠雷は、すらりとした立ち姿が美しい、若い男の人でしかなかった。

それが三津には、不思議でしょうがない。

見る側の感じ方ひとつで、産毛《うぶげ》が逆立つ存在にもなるし、見とれそうになってしまう相手にもなる。

かつての《江場《えば》家の娘《むすめ》》——一津《いつ》の気持ちに、はじめて共感できたような気がした。一津さんも、この不思議さに最初は惹《ひ》かれたのかもしれない、と。

「宇沙巳じゃない……気はする」

遠雷は、考えたあげく、というようにそういった。

「ちがいますか?」

「じつはきのう、気になってあいつの様子を見にいったんだけどね」

「そうだったんですか! 宇沙巳くん、どんな様子でしたか?」

「たいへんそうだった」

「たいへんそう？」

「ほら、あいつの母親って……ちょっとあれでしょ」

そうだった。人間として生きている宇沙巳の母親は、事情はなにも知らないにもかかわらず、自分の息子《むすこ》は神さまだと信じこんでいる。そんな母親を、宇沙巳はうとんでいるようだった。

「いろいろ起きてたから、家の外に出したくなかったんだろうけど、宇沙巳を軟禁《なんきん》状態にしてた。玄関《げんかん》までは届かない長さのチェーンを、足首にくくりつけて」

「そんな！　そんなの虐待《ぎゃくたい》です。助けてあげましたよね？」

「匿名《とくめい》で役所に連絡《れんらく》はしたよ」

「どうしてですか！　遠雷さんがチェーンをはずして、外に出してあげたらよかったのに！」

遠雷は、三津の顔から暗い空に視線を移動させた。

「そんなことをしたら、母親は宇沙巳を責める。勝手にだれかを家の中に入れたってね。それに、外に出た宇沙巳はどこにいけばいいの？　いまのあいつは、母親とふたり暮らしの十四歳《さい》だ。それ以外のなにものでもない」

三津は、言葉を失った。

遠雷のいうとおりだ。中身はもと神さまで、いまだに《祖《そ》》に属する存在であろうとも、肉体をともなった宇沙巳はただの中学生の男の子。人間として生きているいまは、母親からの虐待《ぎゃくたい》にも、人間の子どもとして向き合うしかない。

しかるべき大人たちの保護を受け、安全に暮らせる環境《かんきょう》を作ってもらう。それ以外に、宇沙巳が無事に大人になる方法はない、ということだ。

「だいじょうぶ。いまはもう保護されてる。この島に専門の施設《しせつ》はないから、大宮《おおみや》さんのところにいるよ」

「親戚《しんせき》の方ですか？」

「いや、教師を定年退職したあと、私塾《しじゅく》を開いた先生。問題がある家の子を引き取ったりもしてる」

「じゃあ、宇沙巳くんもこれからはその方のおうちで生活を？」

「とりあえずはね。そのまま大宮さんのところにいるか、母親のところにもどるかは、いろんな大人たちが話し合って決めるんじゃないかな」

思っていた以上に、宇沙巳が置かれている立場が深刻なものだったことに、三津は衝撃《しょうげき》を受けていた。

さっさと人間を終わりにして、神さまにもどりたい、と強く願うのも、無理はないのかもしれない。そんなことすら思った。

「オレはね、三津」

遠雷に名前を呼ばれて、ふらっと意識が揺《ゆ》れたようになる。

「宇沙巳は今回の騒動《そうどう》には関係ないんじゃないかと思う。様子を見にいったときも、本気でぐったりしてて、演技には見えなかったし」

三津は、こくこく、と力強くうなずいた。

今回の騒動に、有楽宇沙巳は関わっていない。遠雷がちがうといっている。だったら、宇沙巳のわけがない。

「オレたちも、今回のことは《界》どもが自発的にやったことだとは思ってない。集めた情報を照らし合わせて、なにがあってこうなったのか、原因をさぐってるところだから」

江場家と天狗《てんぐ》。協力態勢にはないものの、島の平穏《へいおん》な暮らしを取りもどすため、それぞれに奔走《ほんそう》中、ということだ。

「長壁姫の力を借りられたら、もっと早くいろんなことがわかるんだけど」

長壁姫の力。

つまり、《先読み》と《失《う》せものさがし》のことだ。もしかして、と三津はつぶやく。

「長壁姫に〈呪《しゅ》〉を放ったのって……この騒動《そうどう》を仕掛《しか》けた張本人？」

遠雷は、うっすらと目を細めた。

「可能性は高い」

長壁姫の《先読み》と《失せものさがし》を、この騒動の黒幕かもしれないだれかはおそれた。だから、姫《ひめ》さまを弱らせて、力を使えないようにした……。

「三津」

遠雷が、背中でばさりと漆黒《しっこく》の翼《つばさ》を開いた。

「ごめん、そろそろいかなくちゃ。情報を集めてもどってきたうちの連中を、待たせてるんだ」

「あ、はい！」

「きょうはこっちに泊《と》まるの？」

「そのつもりです」

「番犬なしで？」

番犬というのは、多岐《たき》のことだろうと見当をつける。

「ふだんも多岐さんはこちらにはいません」

「ここに張ってある結界は、オレ以外の《界》にはなかなかやぶれないとは思うけど、一応、気をつけて」

「わかりました。あの、遠雷さんも気をつけてください」

にこっと笑って、遠雷は三津に命じた。

「先にいって。三津が家の中にもどったら、オレもいく」

うながされるまま、歩き出す。そこだけこうこうと明るいリビングの窓に手をかけたところで、肩越《かたご》しにうしろをふり返った。

「あ……」

遠雷はもう、飛び去ったあとだった。

滝霊王《たきれいおう》の御前《おんまえ》

江場《えば》家にいまも残る《黙約《もくやく》》。

江場一津《いつ》はかつて、島を混乱におとしいれたクダンとサトリを隔離《かくり》してもらう代わりに、滝霊王に誓《ちか》った。

いまの自分にとって、もっとも大切なもの——遠雷《えんらい》への思い——を永遠に捨て去ると。

一津が捨てたこの煩悩《ぼんのう》が、《黙約》となった。以来、江場家は粛々《しゅくしゅく》と守りつづけている。《江場家の娘《むすめ》》は、《現《げん》》以外の相手との未来は望まない、という誓いを。

滝霊王との《黙約》は、島の平穏《へいおん》にとってなくてはならないものだと三津《みつ》も理解している。だからこそ自分の無自覚な初恋《はつこい》は、成就《じょうじゅ》させずに破棄《はき》する、という選択《せんたく》をした。

初恋相手の候補として名前のあがった五人の中に、《界《かい》》である遠雷と、《祖《そ》》の宇沙巳《うさみ》が含《ふく》まれていたからだ。

三津の初恋《はつこい》は、白紙の状態にもどった。この先、三津が新たにする恋が、《江場家の娘《むすめ》》の初恋になる。

問題なく、《黙約《もくやく》》をやぶらずに済む恋ができたらいいとは思う。《黙約》をやぶらずに済むのなら、恋なんてしなくてもいい、とすら思う。

それくらい、いまの自分にとって恋は、遠いどこかにあるものだ。

そんな三津にも、ひとつだけ引っかかっていることがあった。

「滝霊王に会いにいきたい？」

小巻《こまき》が、ひやっとなるような目つきで三津を見た。

ふたりのあいだには、小巻の執務机《しつむづくえ》がある。

朝になるのを待たず、三津は急遽《きゅうきょ》、《御殿之郷《ごてんのさと》》にもどってきていた。

小巻は、射るように三津の顔を見つめたままでいる。この目でにらまれたのは久しぶりだ、と三津は思った。

島にきたばかりのころ。小巻はいまとは比べものにならないくらい三津に厳しく、しかるときにも容赦《ようしゃ》がなかった。最近は、しかっていても目の奥《おく》が少し笑っているような気がしていたのだけれど――。

「わたくしはあなたに、なんといいましたか？　三津。『いまはまだ、あなたが滝霊王のもとへいく必要はありません』そういいませんでしたか？」

「おっしゃいました……」

「では、なぜいまあなたは、滝霊王に会いにいきたいなどといい出したのですか？」

あまりの迫力《はくりょく》に、あとずさりたくなる。

執務室《しつむしつ》に多岐《たき》の姿はなかった。いまは自分と小巻のふたりきりだ。

三津は、ふうっと大きく深呼吸をした。落ち着いて自分の思っていることを話せばいいだけだ、と自分で自分の背中を押《お》す。

「この島にきてから、いろいろなことをみなさんに教えてもらいました。してはいけないことも知りました。ただ……ただ……」

「ただ？」

「どれも、《江場家の娘《むすめ》》としての話でした。これは本当に、わたしの話でもあるのかなってふと思ったんです」

「なにをいうのです。あなたは正真正銘《しょうしんしょうめい》、《江場家の娘《むすめ》》です。なにを疑うことがあるのですか」

「ちがうんです、疑っているとかそういうことではなく……」

どう話せばいいのだろう。言葉を詰《つ》まらせた三津は、そのまま顔をうつむかせてしまった。ああ、こうやってすぐ、うまく話せなくなってしまうから、問題のある子だと思われるんだ、と気持ちが沈《しず》んでいく。わかっていても、性格はなかなか変わってくれない。

うまく話そうとするから、うまくいかないんだと、これまで何度も思ってきたことを、三津はまた思った。とたんに、あ、と声が出そうになる。そうだ、これをそのままいえばいいんだ、と。

「うまく話せなくてすみません……わかりやすく話したいと思ったんですけど、そう思えば思うほど、言葉が出てこなくなってしまいました」

「……そう。ならば、少し待ちましょう。ほら、あなたもお座《すわ》りなさい」

小巻にいわれて、自分が立ったままだったことを思い出す。三津は、用意されていた背もたれの高い椅子《いす》に、そっと腰《こし》をおろした。

「そのワンピースの紺《こん》、あなたによく似合っていますよ」

小巻の声が、やわらかくなっていた。

だまってしまった理由を、かくそうとするからおかしなことになる。そう気がついて、とにかく正直に話してみようと思った。それだけで、こんなにも空気が変わるなんて。

もう一度、深呼吸をした。

「自覚は……あるんです」

やっと言葉が出てきてくれた。呼吸をとめないよう気をつけながら、話しつづける。

「自分は《江場家の娘《むすめ》》だということは、理解できていると思います。ただ、納得《なっとく》したいだけなんです。これは自分自身の話なんだって」

ちゃんと納得できたら、少しは変われるかもしれない。胸の中の死角に黒い水ようかんがあるような子のままでも。なんでも器用にこなせる子じゃなくても。いまよりはもう少し、まわりの人たちを心配させない人間になっていけるかもしれない。

なにより、自分がいま変わることで、《江場家の娘》としてなにかできることがあるかもしれない。あきらかにおかしなことが起きつづけている、この島のために。

「滝霊王にお会いすれば、納得できると思ったのですね？」

はい、とうなずく。

「きのうまでは、そんなこと考えもしませんでした。長壁姫《おさかべひめ》の《先読み》で、滝霊王の前に《江場家の娘《むすめ》》が立つ、と読まれていると知っても、ああ、そうなんだ、だったらそのうち、そうなるんだろうな、と思っただけだったんです。それなのに……」

聞かされるばかりだった《江場家の娘》の話を、きょうになって急に、自分の話でもあるんだと、ちゃんと納得《なっとく》したくなった。

そのためには、滝霊王に会いにいかなくちゃいけない。そう思い立ってしまったのだ。

小巻が、ふ、と短く息を吐《は》く。

「いまは、どこでなにが起きてもおかしくない状況《じょうきょう》です。だれがなににどうからんでいるのかもわかっていない。本当なら、あなたを結界の外には出したくない……」

額に手をやりながら、小巻は小さくうなずいた。

「あなたがそう感じたというのなら、いまがそのときなのでしょう。あす、滝霊王にお会いしてきなさい」

「ありがとうございます！」

日が昇《のぼ》る前に《御殿之郷》を出発することになった。あらたまった服装で向かうのが礼儀《れいぎ》だという。こちらにも、二、三着なら用意がある。泊《と》まっていくことにした。

「多岐をそばにつけてやりたいのだけど、あすも切れ目なく、やってもらわなければならないことがあります。代わりに、菊《きく》、梅《うめ》、桜《さくら》のうちだれかひとりを、つれていけるように指示しておきますから」

「道さえわかれば、ひとりでもだいじょうぶです」

「ひとりはいけません。山に入るのですよ？　遠雷にでも見つかったらどうするのです」

うっかり、「それもだいじょうぶです」といいそうになってしまった。ついさっきも会ったばかりなので、と。

つい話しそうになってしまったことに、ひやっとなる。小巻には、知られてはいけないことだというのに。

ごめんなさい、おばさん……。

胸の中の声で、そっとあやまる。

天狗除《てんぐよ》けのネックレスまで作ってもらったのに、何度もふたりだけで会ってしまっている。身につけてはいるけれど、遠雷には効き目がない。小巻には聞こえない声で、でもね、おばさん、と三津はいい添《そ》えた。

遠雷さんは、だいじょうぶです。

あの人は、江場家やこの島に災《わざわ》いをもたらすようなことは絶対にしませんから。

五時半にセットしておいた目覚ましのアラームがなる前に、三津は飛び起きた。

悲鳴が聞こえてきたのだ。

ねまき代わりのTシャツワンピの上に、パーカをはおって廊下《ろうか》に飛び出す。悲鳴があがったのは、もっとずっと先、大広間がある方角だった。

薄暗《うすぐら》い廊下を走っていく途中《とちゅう》、憧吾《どうご》といっしょになった。

「淡島《あわしま》も聞いた？　さっきの悲鳴」

「聞こえた。ひとりじゃなかったよね？」

「うん。何人かいっしょっぽかったな」

角を曲がり、宿泊者用《しゅくはくしゃよう》のスペースに入ったとたん、三津はぎょっとなった。廊下の窓という窓に、人が群がっていたからだ。

診療所《しんりょうじょ》代わりの大広間にいた人たちの一部が、集まっているようだった。

「いやあ……だめよ、そんな……」

「なんてことだ！」

「ああ、うちが……」

悲痛なさけびは、絶えまなくつづいている。

三津も窓に飛びついて、外の様子を確かめてみた。夜明け前なので、暗くてよく見えない。この窓から見下ろせるのは、駐車場《ちゅうしゃじょう》からつづく幅《はば》の広い坂と、海沿いの大通り、その周辺の建物、そして、海だ。必死に目を凝《こ》らしているうちに、海とその手前の大通りの境がぼんやりと見えてきた。とたんに、

「あっ！」

自分でもびっくりするような声が出た。

「道が……」

海沿いの大通りが、ごっそりなくなっている。正確にいうと、地中に沈《しず》んで黒々とした帯のようになっていた。大きな地震《じしん》のあと、地面が液状化した地域の映像を見たことがある。まさにあんな状態になっていた。

視線を横にずらすと、大通り沿いに建っていた建物も、大きくかたむいてしまっている。しかも、ゆっくりとまだ動きつづけていた。地中に飲みこまれていく途中《とちゅう》なのだと気がついて、思

わず口もとを手でおおう。

窓に群がっている人たちはみんな、手にスマートフォンをにぎっていて、くり返し電話をかけようとしているようだった。

「ああ、まだつながらないのか」

「こんなときに通じないなんて」

袈裟羅婆裟羅《けせらんぱせらん》が電波をくっつけて遊びたがると、スマホが使えなくなる、と聞いたことはあるけれど……。

「ひでえな……」

となりにいた憧吾が、かすれた声でいう。

「うん……」

三津は、うなずくのがやっとだ。

これもまた、《界》のしわざなのだとしたら、呆然《ぼうぜん》とするしかなかった。これまで仲よく暮らしてきたはずなのに、どうして、という思いもあったし、《界》ってこんなことまで起こせてしまうものなんだ、というショックもある。

「憧吾!」

廊下《ろうか》の奥《おく》から、《御殿之郷》の板長であり、憧吾の父親でもある尉砂《いすな》が息子《むすこ》を呼んだ。

「液状化に巻きこまれた家の人たちを、うちでも受け入れることになった。表に出て、誘導《ゆうどう》をたのむ！」

「わかった！」

すぐに憧吾は、正面玄関《げんかん》に向かって走っていった。

「土、溶《と》けるがごとく、家々も沈《しず》む……」

残された三津は、長壁姫の《先読み》のひとつを、ひそめた声でつぶやいた。

起きてしまったのだ。《先読み》のとおりのことが。

三津はすぐに、いまきた廊下を引き返しはじめた。急いで支度《したく》をして、滝霊王のもとに向かわなければ。つき動かされるように、そう思った。


道案内と護衛を兼《か》ねて、三津についてくることになったのは桜だった。

こんなときなのだから、よろこんではいけない、と思っているのが伝わってくる。それでいて、いっしょにいるのがうれしくてしょうがない、という様子はかくしきれていない。

先をいく桜の足取りに、迷いはなかった。地図の類いを見る必要はないくらい、道をちゃんと知っているのだろう。のぼっているのは、瀧山《たきやま》という名の山だ。気軽にのぼれる山として人気のある東京の高尾山《たかおさん》よりも、さらに標高は低いらしい。

あらたまった服装に、三津は首のつまったロング丈《たけ》のワンピースを選んだ。色は黒。桜も、黒一色の着物に着替《きが》えている。

山道をのぼっていきながら、桜にたずねてみた。

「桜さんは、滝《たき》にいかれたことはあるんですか?」

「近くまでは。滝の前までは、おそろしくていったことはありません」

妖怪《ようかい》や魑魅魍魎《ちみもうりょう》を制圧する力を持ち、滝の中に住んでいる不動明王。滝霊王のことは、そんなふうに聞いている。おそろしい、というのは、単なる桜のイメージなのか、それとも本当にそうなのかは、わからない。

「そういえば、哉重《かえ》さまのお熱がさがったそうですよ」

「えっ、本当ですか?」

「咳《せき》はまだされていて、お苦しそうだと菊はいっておりましたが」

「それでも、だいぶ楽になりますよね」

「おそらく、多岐さまが調達されてきた薬草が効いたのではないかと」

「多岐さんが?」

そんなことまでしていたのかと、ちょっと驚《おどろ》く。たしかにここのところ、忙《いそが》しくあちこちを飛び回っていて、ほとんど三津のそばにもいなかった。

「薬草は、多岐さんが自分でさがしにいくんですか?」

「いえいえ、《花渦《はなうず》》のご主人に症状《しょうじょう》をお伝えして、薬草を調合してもらうんです」

「《花渦》のご主人って、ベスさんのことですか?」

「はい、ベスさんです」

植物園と見まがうような規模の、多種多様な花が咲《さ》き乱《みだ》れる庭園で営まれているカフェ《花渦》。三津も何度かお茶をしにいったことがあり、女主人のベスとも顔なじみだ。

「あそこでは、かなり希少な植物も育てられているのですが、それを薬草として調合できるのは、ベスさんだけらしいです」

「そうだったんですか」

「お医者さまの織田《おだ》先生と瀬戸内《せとうち》先生は、対症療法《たいしょうりょうほう》はできても、妖虫《ようちゅう》が体内に入りこんで悪さをしている場合、根本的な治療《ちりょう》はできませんから」

「ようちゅう？」

「たとえば、おなかにいつく九虫《きゅうちゅう》ですとか、脾臓《ひぞう》にいる脾積《ひしゃく》とかですね。いずれも病を引き起こす《界》の一種です」

「じゃあ、きのうから体調をおかしくしている人たちの体には……」

「なにかしらの妖虫が入りこんでいる方が大半のようです」

「大半ということは、そうじゃない人もいるということですか？」

「寄生虫の一種で、応声虫《おうせいちゅう》という《界》がおりまして、これに取《と》り憑《つ》かれると、高熱に苦しみます。それだけじゃなく、口の形のできものがおなかにあらわれて、食べものを欲《ほ》しがったりするんです。そういった症状《しょうじょう》が出ている方もいるとのことでした」

おなかに口の形のできもの。自分の体で想像したら、ぞっとなった。

「さあ、三津さま。あと少しです」

桜にうながされ、遅《おそ》くなっていた足を速める。少しずつ、空気がひんやりしはじめていた。耳をすますと、かすかに滝《たき》の音もする。

そこからは余計なおしゃべりもやめて、ただ黙々《もくもく》と山道をのぼりつづけた。

鍵《かぎ》のない牢《ろう》

ロング丈《たけ》のワンピースは、ひどく歩きにくかった。

ほとんど登山に近いようなことをしているのだから、本来ならパンツにスニーカーでのぞむべきなのだ。とはいえ、むかしの人はなにをするにも着物だった。着物とロング丈のワンピースは似ている。

三津《みつ》は、いまだけちょっとすみません、とだれにということもなくあやまった。すそを少しだけ持ちあげて、ひざから下を自由にする。だいぶ歩きやすくなった。

「見えてきましたよ、三津さま！」

桜《さくら》の声に、足もとに落としていた視線をあげる。

わっ、と思わず声が出た。

うっそうと茂《しげ》った樹木の網《あみ》の向こう側に、幻覚《げんかく》なんじゃないかとこわくなるような景色がのぞいていた。

どこまでが滝《たき》でどこからが空なのか、見ればわかるはずのことが、なぜだかわからない。滝が大きすぎて、全貌《ぜんぼう》をちゃんと見ることができていないのだと、遅《おく》れて気づく。これほど大きな滝ならば、落ちてきた水流が岩をたたく音は相当に激しいはずだ。それなのに、ささやくようにしか聞こえてこない。

日常を遠く離《はな》れた場所に、自分はこれから入っていこうとしている。そう自覚した瞬間《しゅんかん》、ぐるりと目が回るような感覚になった。

「桜さん？　……どこですか、桜さん……」

「みーつさーまー、さーくらはー、こーこでーす」

桜の声が、ひどく間延びして聞こえてくる。

どこから聞こえているのか、さっぱりわからない。ああ、もうだめだ。これ以上、立っていられない。倒《たお》れてしまいそうだ。

なにかにつかまりたい一心で、両手をふらふらとさまよわせていると、

「目を開けてごらん」

ぐわん、と頭を揺《ゆ》るがす声が、耳の中で爆発《ばくはつ》した。

閉じかけていた目を、ぱっと開く。

オーロラ色に輝《かがや》くしぶきの向こうに、滝《たき》の壁《かべ》があった。流れつづけているはずの滝が、まったく動いていない。完全に静止していた。その奥《おく》に、うっすらと人影《ひとかげ》が見える。

「滝霊王《たきれいおう》……さまですか？」

おそるおそるたずねると、「いかにも」と返事があった。またしても、ぐわん、と頭が揺《ゆ》れる。

「そちらは？」

「淡島《あわしま》三津といいます。あ、苗字《みょうじ》は淡島ですけど、母は江場《えば》家の……」

滝の壁にかくれて姿の見えない滝霊王が、「ああ」となにかをなつかしむような声を出した。

それでもやっぱり、ぐわん、と頭は揺れてしまう。

「一津《いっ》の子の、さらにその子の、そのまた子の……」

「はい、そうです。一津さんの子孫にあたる者です」

耳の中で爆発《ばくはつ》するように聞こえてくるのだけど、声そのものは大きくはなく、荒々《あらあら》しくもない。まろんとしている。話し方もゆったりとしていて、とてもおだやかだ。

不思議なことに、滝霊王の声を聞いているだけで、三津にはわかってしまった。

この滝の奥に、クダンとサトリがいる。すきあらば、飛び出してやろうとしているおそろしいものたちがいる、と。

いる、と感じただけで、頭の芯《しん》がびりりっとしびれたようになった。そんなものたちを、滝霊王は長きにわたって封《ふう》じこめてきたのだ。一介《いっかい》の《現《げん》》でしかなかった、ひとりの少女の願いに応えて。

捧《ささ》げられたのは、少女の煩悩《ぼんのう》だけ。『思い人との〈この先〉は望まない』という、少女以外にはなんの価値もないそれを、価値あるものとして受け取ったのだ、滝霊王は。

家のため、跡継《あとつ》ぎを残すことだけは捨てられない。代わりに、いまの自分にとってもっとも大切なものを捨てる。そんな少女の必死さを、滝霊王は軽《かろ》んじなかった。慈悲深《じひぶか》く受け止めて、クダンとサトリの隔離《かくり》を約束した。

三津のほおを、涙《なみだ》が流れる。流れては、落ちる。涙の理由はわからない。息をするように涙が出て、ただ流れていくのだ。

「話してごらん。ここへきたわけを」

やさしく話しかけられて、ますます涙がとまらなくなる。

この涙は、滝霊王の慈悲の深さに心が震《ふる》えて流れているものなのだと、ようやく三津は理解した。

声を出そうにも、すぐに嗚咽《おえつ》に飲みこまれてしまう。ただ泣きじゃくる三津に、滝《たき》の向こうの人影《ひとかげ》が手招きをした。さそわれるまま、滝に向かって足を進める。岩場を越《こ》え、はね返るしぶきで視界が煙《けむ》る中、目を細めながら歩いていく。あとになって気がついた。このとき自分は、水面を歩いていたのだと。

静止した滝の壁《かべ》が目の前に迫《せま》る。止まる必要はないと思った。そのまま進む。

「あっ」

自分でも驚《おどろ》くような声が出た。滝の内側に入った、と気がついたからだ。

そこは雲の上だった。ところどころに果樹が生え、尾《お》の長い鳥が群れずに飛び、無数の花びらを運ぶ風が吹《ふ》いている。

滝霊王の姿らしきものはどこにもない。無限を感じさせる景色が、ただ広がっているだけだ。

「た……滝霊王さま？　あのっ、ど、どちらにいらっしゃいますか？」

雲の上に立ったことなどない。足がすくんだ。

「ここなら多くの言葉は必要ない。伝えたいことを思《おも》い浮《う》かべてごらん。さあ」

ぐわん。頭が揺《ゆ》れた。声だけが、聞こえてくる。

「わたしはここだ。さあ」

糸で引かれたように、三津は頭上に顔を向けた。さらに空がある。雲がある。

「さあ」

雲全体がしゃべった。そうか、と三津は思う。この世界がまるごと滝霊王なのだと。

見れば空の一部が、暗くかげっていた。雷光《らいこう》が光ってもいる。光ったそのときだけ、黒い雲に奇妙《きみょう》な姿が映った。顔の部分が不自然に小さく、体だけ巨大《きょだい》な牛だ。

さらに雷光が閃《ひらめ》くと、今度は、二足で立つ猿《さる》を思わせる獣《けもの》が照らし出された。

クダンとサトリ。

江場一津の祈願《きがん》により、とらわれの身となった《界《かい》》たちが、空の一部をおおうほど大きな姿でそこにいた。

まさか空に封《ふう》じこまれていたなんて……。

これ以上の囲いはないはずだ。鍵《かぎ》のない牢《ろう》ではやぶりようがない。

雷光の威力《いりょく》が弱まっていく。暗い空は光を失い、なにも映さない黒い雲だけが空をおおっている。クダンとサトリは、闇《やみ》の彼方《かなた》に消えた。

「ふむ……三津の胸にも、我《わ》が牢に似たものがあるようだ」

ぐわん。滝霊王の声に頭が揺《ゆ》れ、空の彼方に飛んでいた意識も、もどってきた。

「牢《ろう》……ですか?」

「三津も知っている、それのことだ」

それのこと、と滝霊王が口にしたのと同時に、三津の胸のまん中から、黒い煙《けむり》のようなものがいきおいよく噴《ふ》き出《だ》してきた。噴き出した煙が、枕《まくら》ほどの大きさの雲のようなものとなり、ぷわん、と三津の眼前に浮《う》かぶ。

「自由自在に大きさを変え、どんなものでも飲みこむことができる。善悪もなく、好悪《こうお》もなく、心が触《ふ》れたものすべて、その身のうちに飲みこんでしまえる」

自分の胸にはふたつの死角がある。三津はそう思ってきた。ひとつには、大きな後悔《こうかい》が黒い水ようかんのようなものになって、ぴたりとはまりこんでいる。もうひとつの死角には、なにもない。ブラックホールのようなものが、ただ口を開いているだけだ。

そのどちらかが、滝霊王の力によって胸の外に引っぱり出され、雲を模した形で具現化されているらしい。

無限に飲みこめる、というのなら、ブラックホールのようだと感じてきたもののほうが、いま目の前に浮かんでいるこれの正体なのだろう。

「ここには……なんでも入るんですか?」

人差し指でそっと触《ふ》れようとした三津を、これこれ、とおだやかに滝霊王がしかる。

「直接それに触れてはいけないよ。三津自身が飲みこまれてしまう。飲みこまれたら、肉体が実在できなくなる」

ぞっとすることを、やんわりと教えられた。伸《の》ばしかけていた手を、あわてて引っこめる。

自分の胸にはそんなものが、とまじまじと見下ろしてしまう。そして、思った。

牢《ろう》の代わりになるのなら、と。

「滝霊王さまのように、島に混乱をもたらすものをここに封《ふう》じこめることもできるのでしょうか？」

思いついたことを、そのまま口にしてしまった。すぐには返事がなく、おかしなことをたずねたのかもしれない、と不安になる。

「……できるとしたら？」

「いままでなんの役に立つこともなく、ただ胸の奥《おく》にあっただけのものです。場家之島《ばけのしま》のために役立てることができるのなら、使ってみたいです」

「自ら牢番になってもかまわないと？」

かまわない、と答える前に、確かめなくてはいけなかった。目の前に浮《う》かんだ黒い雲を見つめながら、滝霊王にたずねる。

「わたしにできますか？　役に立ちたい気持ちだけでやってみて、やっぱりできなかった、ということになったら、みなさんに迷惑《めいわく》をかけるだけです」

滝霊王の声が、そよそよと笑った。

「いまの問いで、三津の成り立ちがよくわかった。正しく教えよう。飲みこめないものは、それにはない。ただし、鍵《かぎ》のかけ方には要領がいる」

「要領……コツみたいなこと、ですか？」

「わかってしまえばそうむずかしいことではない。わかるまでが、むずかしい」

「わかりたいです！」

「では、教えよう」

ただし、と滝霊王はいった。

いまはこれ以上、三津をこの場所にとどまらせることはできない。人の身で耐《た》えられる限界が近づいている。日をあらためて、また迎《むか》え入《い》れるから、きょうはここまで――そう説明された。

「わかりました。では、あらためてお目にかかりにきます」

三津がそう答えると、目の前に浮《う》かんでいた黒い雲が、しゅるん、と胸の中にもどり、尾《お》の長い鳥が頭のすぐ上にあらわれていた。

こちらだと誘《さそ》うように、鳥が低くゆっくりと飛ぶ。三津は、そのあとを追った。


「――ま！　三津さま！」

くりかえし名前を呼ばれて、はっと目が覚めたようになる。

気がついたときには、滝《たき》の近くの岩場に立っていた。

耳をふさぎたくなるような轟音《ごうおん》も、聞こえはじめる。流れ落ちてくるすさまじい量の水が水面や岩をたたく音だ。

すぐそばに、桜の顔があった。

「申し訳ありません！　急に霧《きり》が濃《こ》くなってきたと思ったら、三津さまを見失ってしまいまして……」

三津が滝霊王に会っていたあいだ、桜は霧の中をさまよい歩いていたらしい。

「三津さまは……お会いできたのですね？　滝霊王さまに」

はい、とうなずく。

「また、お目にかかりにくることになりました」

桜は、まあ！　と驚《おどろ》いている。

とにかく、山をおりようということになった。歩き出してすぐ、自分がひどく疲《つか》れていることに気づく。息もすぐあがってしまう。滝霊王がいったとおり、限界が近かったのだ。

重い体を引きずるようにして、長い山道を三津はくだっていった。


滝霊王の住まう滝《たき》がある瀧山《たきやま》への登山口は、花浜《はなはま》神社のわきにあった。

長くつづく石段の前に、人力車を見つける。待機してもらっていたのだ。

「すみません、お待たせしてしまって」

「とんでもねえ、これが仕事ですから」

車夫の男性の家も、今朝の液状化によって地中に飲みこまれてしまったと聞いている。それでも車夫の男性は、いつもとまったく変わらない態度だ。

こういう人のために、もし自分にできることがあるのなら。しないという選択肢《せんたくし》はない、とあらためて三津は思った。

液状化で地中に沈《しず》んでしまった海沿いの大通りは迂回《うかい》し、住宅街の中を走ってもらったものの、こちらもいたるところで地面が波打っている。かたむいたままの住宅と住宅のあいだをすり抜《ぬ》けるように進んだ路地もあった。どの家もひっそりしている。すでに避難《ひなん》したあとなのだろう。

なんとかたどり着いた《御殿之郷《ごてんのさと》》では、驚《おどろ》きの光景が待っていた。

広大な駐車場《ちゅうしゃじょう》いっぱいに、数えきれないほどの数のテントが設置されていたのだ。

新たに組み立てられている最中だったテントのそばに、憧吾《どうご》の姿を見つけたので、三津は駆《か》け寄《よ》っていった。

「憧吾くん」

「おお、淡島」

組み立て途中《とちゅう》のテントの向こうからも、「三津？」と呼ぶ声がつづく。

ひょこっと顔だけのぞかせたのは、大場比那《おおばひな》だった。いつもはフェミニンなワンピース姿が多い比那なのに、きょうはめずらしく、ワイドパンツにＴシャツを組み合わせたかっこうだ。

「部屋が足りなくなってさ。館内はどこもかしこも人でいっぱいだから、急遽《きゅうきょ》、駐車場に作れるだけテントを作って、元気な人はこっちに移ってもらうことになった」

憧吾の説明に、比那がいい添《そ》える。

「憧吾くんがリーダーで、体調が悪くない中高生が総出で組み立てしてるとこ」

見れば、あちらこちらにまだ組み立て中のテントが点在しており、そのいずれにも、中学生や高校生たちの悪戦苦闘《あくせんくとう》している姿があった。胡子《ここ》と薫《かおる》もどこかにいるのかもしれない。

「三津も早く着替《きが》えてきて、手伝ってよ！」

比那にせっつかれて、あわてて正面玄関《げんかん》へと向かう。

「三津さまを呼び捨てするなんて！　なんて悪童なんでしょう」

となりで桜がぷんぷんしている。悪童、という古めかしい表現がおかしくて、三津はつい笑ってしまう。

のんきに笑っていられたのはそこまでだ。正面玄関をくぐり、大広間に面した廊下《ろうか》が視界に入ってきたとたん、胸をつかれたようになった。

廊下いっぱいに、人、人、人。ひしめき合うように、人がいた。

子どもたちが、競《きそ》い合《あ》うように泣き声をあげている。不安でしょうがない、というように。

泣いているのは、子どもたちだけではなかった。疲《つか》れた様子でうつむいている高齢《こうれい》の女性までが、しくしくと泣いている。おそろしい、おそろしい、といいながら。

血の気が引いたようになりながら、三津は進んでいった。不安と、日常への渇望《かつぼう》に満ちた廊下《ろうか》を。

屋上に誘《さそ》われて

夜の訪《おとず》れとともに、《御殿之郷《ごてんのさと》》に避難《ひなん》してきた人々には落ち着きがもどりはじめていた。それぞれ宿泊《しゅくはく》する場所が決まり、人であふれ返っていた廊下《ろうか》も、いまはがらんとしている。

食事の支度《したく》には、近所のおばさんたちも加わり、大量のおにぎりと豚汁《とんじる》が作られた。果たしてこの人数の食事をちゃんと用意できるのかと、小巻《こまき》も相当、はらはらしたらしい。無事、全員にいき渡《わた》ったと聞いたときには、配膳係《はいぜんがかり》としてかけずり回っていた三津《みつ》もほっとしたくらいだ。

駐車場《ちゅうしゃじょう》のテントには、キャンプみたいで楽しそうだから、と進んで寝場所《ねばしょ》に選んだ中高生たちが集まっているらしい。年配者や親と離《はな》れたくない子どもたちは、なるべく屋内に、という配《はい》慮《りょ》もあったのかもしれない。

ひと息ついたところで、三津はようやく、哉重《かえ》の部屋をたずねることができた。

「三津です。哉重さん、起きてらっしゃいますか？」

「起きてるよ、どうぞ」

早く顔を見たい。待ちきれない思いで、扉《とびら》を開ける。

哉重は、窓際《まどぎわ》のベッドに上半身を起こしていた。手元には、読みかけの文庫本が伏《ふ》せられている。

近づいていくと、「心配かけたかな、ごめんね」といって、哉重は小さく頭をさげた。

「そんな！　あやまるようなことじゃないです」

「うん、でも、ごめん」

もしかすると、大事なときに寝《ね》こんでいたことを、心苦しく思っているのかもしれない。ならば、と三津も正直な気持ちを伝えることにした。

「哉重さんがいなくて、心細いときもありました。でも、こんなときこそ哉重さんの分まで、と思うことで、がんばれました。がんばれたのは、哉重さんのおかげです」

ほんのわずかに青みがかって見える哉重の瞳《ひとみ》を、涙《なみだ》の膜《まく》がうっすらとおおったのがわかった。

「励《はげ》まし上手《じょうず》だなあ、三津は」

手招きされて、枕《まくら》もとに腰《こし》をおろす。

「小巻おばさんから聞いたよ。滝霊王《たきれいおう》のところにいってきたって？」

「はい。わたしが滝霊王さまにお会いすることがあるのなら、いまだと思ったので」

「どうだった?」

「慈悲深《じひぶか》い方でした」

哉重は、驚《おどろ》いた顔をしている。

「三津は……そんなふうに感じたのか」

「哉重さんはちがったんですか?」

「わたしが会いにいったのは、もっと幼いころだったからかもしれないけれど、とにかくおそろしかった記憶《きおく》しかない。雲の上にぽつんとひとりで立たされて、自分はもう死んでしまったのかもしれないと思った。わんわん泣いたよ」

「わたしも、小さいころだったら泣いてました。大きくなってからでよかったです」

顔を見合わせて、三津たちはくすくすと笑った。

「滝霊王さまのもとで、修行《しゅぎょう》のようなことをさせていただくことになりました」

「修行?」

「わたしは、《寄託《きたく》》を破棄《はき》した結果、魂《たましい》の一部を失っていますよね? そのことが関係してるんだとは思うんですけど、むかしから胸の中にブラックホールのようなものがあって、いまも残っているんです」

「……そんな話、はじめて聞いた」

「はじめてだれかに話しました」

視線を合わせたまま、哉重がいう。

「全部、話してくれる？」

うながされるまま、三津は話した。

胸の死角にあるもののこと。この島にきて、それがどう変化してきたか。そして、滝霊王から教えられたことも、すべて。

「わたしは反対だ。なにを封《ふう》じこめるにしても、三津自身を牢《ろう》の代わりにするなんて」

「胸の中にあるとはいっても、ふだんは忘れているんです。ブラックホールのことなんて。ふとした拍子《ひょうし》に思い出すくらいで」

「でも……」

「じゃあ、もし哉重さんにもそういうものがあったとして、それをうまく役立てる方法があるって教えられたらどうしますか？」

哉重はだまってしまった。それが答えだ。きっと自分も同じことをする。そう思ったにちがいない。

「適材適所、です。父がよくいっていました」

「適材適所……」

「やれる人がやればいい。やれない人はやらなくていい。やりたくない人もやらなくていい。そんなふうにいっていました。人の営みはそういうものだって」

実父ではないと知ったいまも、ただひとりの自分の父親だと心から思えている、淡島未九里《あわしまみくり》の顔を思《おも》い浮《う》かべる。胸のすみずみにまで、さあっと光が射《さ》すようだった。

「今回のことでいえば、わたしはたまたま、〈やれる人〉です。ほかのことでは〈やれない人〉だったり、やりたくない、と思うかもしれない。今回に限っていえば、やれるし、やりたいんです」

哉重が、ふうっと大きく息を吐《は》いた。

「こんなにすとんと胸に落ちることをいわれたら、反対なんてできるわけがない……わかったよ、三津」

その代わり、といって、哉重は三津の手をぎゅっとにぎった。

「わたしには、なんでも話すこと。いい？　こんなことをいったらこまらせるかも、とか、話すまでもないことかな、とか、そういうのはなし。遠慮《えんりょ》なく、話して」

にぎられた手を、反対の手で包みこむように、三津もにぎった。

「……ありがとうございます、哉重さん」


哉重の部屋を出たところで、「淡島」と呼びかけられた。

ふり返らなくても、呼び方と声で憧吾《どうご》だとわかる。

「いまちょっといい？」

さすがにきょうは、疲《つか》れてしまった。早く部屋にいきたいな、と思いつつ、三津は憧吾に向き合った。

「いいよ」

「じゃあ、上いかない？」

「上？」

「屋上」

屋上があることも知らなかった。

建て増しに建て増しを重ねたような《御殿之郷》に、そんなものが？　とちょっと驚《おどろ》く。

憧吾は三津に手招きをしてから、先に歩き出した。急いで横にならぶ。

「きょうは出かけてたみたいだな」

「うん、ちょっと用事があって」

なんとなく、滝霊王に会いにいっていたとはいいにくかった。この島で生まれ育っているのだから、「なにそれ」と憧吾がいうわけもないとわかってはいる。それでもなんとなく、神さまに会いにいっていた、と正直にいう勇気は出なかった。

「憧吾くんは？　忙《いそが》しかった？」

「家がだめになった人たちを、引っ切りなしに受け入れてたから」

「たいへんだったね」

廊下《ろうか》のはしの階段を二階分、のぼった。そこからまた、長い廊下を進み、いきどまりまでいって、さらに階段を二階分。

合わせて何階分、のぼったんだろう、と思いはじめたころに、廊下の向こう側が丸々、だだっ広いバルコニーのようになっている場所に出た。

「ここが、屋上」

木枠《きわく》の窓を開け、外に出る。

赤く塗《ぬ》られた木製の手すりに囲まれたその場所からは、船着き場も含《ふく》め、海沿いの景色がすべて見下ろせた。まわりがまっ暗だから、月下の海がきらきらと輝《かがや》いて見える。

「すごい……」

露天《ろてん》の大浴場や、〈灯台〉のある崖《がけ》とは、向きも高さもちがうようで、見えているエリアや見え方がまるでちがう。

「階段のぼるのがだるいけど、いいよな、ここ」

胸までの高さの手すりをつかんで、眼下の眺《なが》めに見入っていた三津のすぐとなりに、憧吾がならんでくる。

「のぼった甲斐《かい》があった」

そういって三津が顔を横に向けると、思いがけなく憧吾も、こちらを向いていた。

その顔つきが、なんだか見慣れないだれかのもののように思える。さりげなく距離《きょり》をあけようとした三津に、憧吾が手を伸《の》ばしてきた。

手首をつかまれそうになり、ぱっと体のうしろにかくす。

「……別に、なにもしないって」

「……うん」

だったら、どうして手を伸《の》ばしてきたりしたの？　と思ったけれど、こわくてきけなかった。

「ちょっと前から思ってたんだけどさ」

憧吾はまだ、三津のほうに顔を向けたままだ。いつまた手が伸びてくるかと思うと、じっとしていられないくらい不安だった。

「たぶん、淡島のことが好きなんだと思う」

こわごわ聞いていたので、なにをいわれたのかすぐにはわからなかった。

「えっ？」

きき返した三津に、憧吾がようやく、ふいっと顔をそむける。

眼下の眺《なが》めに視線を向け直しながら、「いい直すの、すげーやなんだけど」とひとりごとのようにいう。

「だからね、オレは淡島のことを、好きになったんだと思うっていった」

今度はちゃんと理解した。

告白をされたのだと。

まっ先に頭に浮《う》かんだのは、なぜだか多岐《たき》の顔だった。多岐さんが知ったら、どう思うんだろう？　うれしそうな顔をする？　お似合いじゃないですか、と。

憧吾が相手なら、《黙約《もくやく》》も守られる。こんないい恋《こい》のお相手はいませんよ、と応援《おうえん》されてしまう？

三津は、泣きそうになっている自分に気づいていた。どうしていま、そんな気持ちになっているのか、その理由にも。

「……淡島？」

憧吾が、首をかしげるようにして視線を合わせようとしてくる。三津は、あごを少し浮《う》かして、銀色の雲が流れつづけている夜空を見上げた。

「最初はわたしのこと、なんだこいつって思ってたでしょ？　憧吾くん」

「まあ……うん」

「いつから変わったの？」

「いつからだろ。けっこうすぐ、じつはいい子かもって思ってた気はする。はっきり覚えてるのは、着物、着てるとこ見たとき。あー、やばい、これはかわいいわって」

多岐がいっていたことを実感する。女の子がどきっとするようなこと、本当にこんなに素《す》の状態でいうんだ、と。

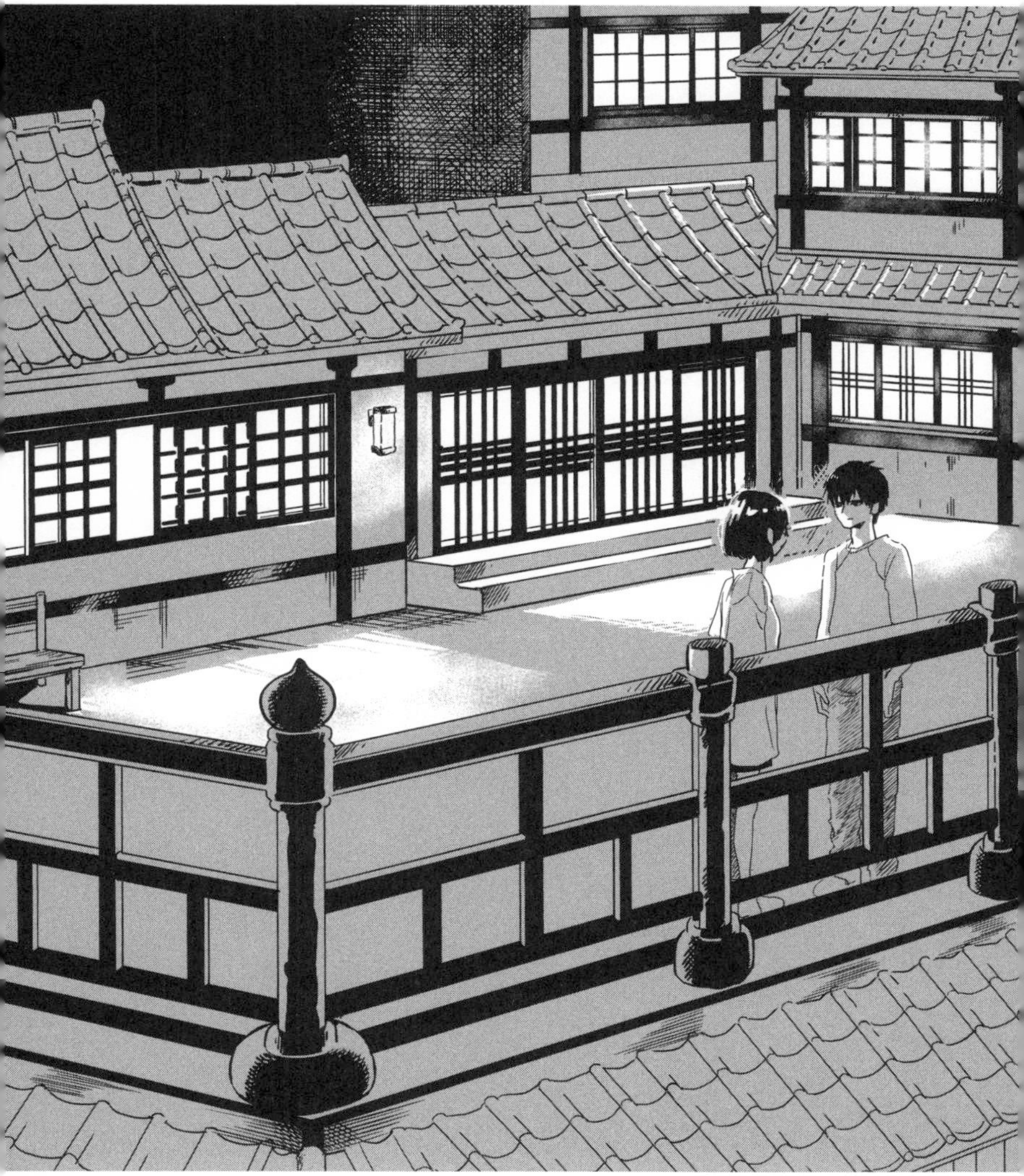

「今回の騒《さわ》ぎになって、めちゃくちゃ働いてたじゃん？　淡島。一生懸命《いっしょうけんめい》動き回ってんの見て、とどめになったっていうか」

見ててくれてたんだ、とうれしく思う気持ちはあった。でも、それだけだ。どきどきもしていないし、ときめいてもいない。

「あのね、憧吾くん」

空に向けていた視線を、憧吾の顔におろす。目は合わない。今度は憧吾が、上空を見上げていた。

「あー……うん、わかった。いいよ、いわなくて」

「憧吾くん……」

「うれしいけど、ごめんね、だろ。『あのね』のいい方で、もうわかったよ」

返す言葉がない。三津はだまって、憧吾の横顔を見つめつづけた。

「だれが好き？　いまのところ」

「いまのところ？」

「いつかは選ぶだろ？　だれかのことは」

選ぶのかもしれないし、選ばないのかもしれない。そんなことは、いまの三津にはわからない。

ただ、憧吾の告白を聞きながら、思《おも》い浮《う》かべていたのは多岐の顔だった。

それを選んでいるというのなら……。

三津は、憧吾に向かって右手をさし出した。

「あしたも、よろしくね」

憧吾は、握手《あくしゅ》には応じてくれなかった。無言で三津の顔を見つめている。

さし出していた右手をおろそうとしたとき、肩《かた》と肩をぶつけるようにして抱《だ》き寄《よ》せられた。

「あきらめたくないいんだけど」

「憧吾くん……」

体温の高い体だと思った。思ったのは、やっぱりそれだけ。友だち以上にはなりようがないことを、あらためて確信しただけだった。

体と体のすき間に両腕《りょううで》をさし入れて、憧吾の胸をそっと押《お》しやる。

「そろそろ、いくね」

背中に回っていた憧吾の腕が、ゆるりとほどけていく。

「……うん」

「また、あした。おやすみなさい」

三津は憧吾をその場に残して、バルコニーに面した廊下《ろうか》に向かって歩き出した。

歩き出してから、足ががくがくと震《ふる》えているのに気づく。ふだんは親しく口をきいている相手でも、一方的に接触《せっしょく》されればこわい。

よく冷静に対応できたものだと、さっきまでの自分が自分じゃなかったように思えてくる。

いまの自分にできる、最大限の意思表示はした。あとは、憧吾がどう受け止めてくれるか、だ。

できることなら、これまでどおりでいてほしいとは思う。《御殿之郷》の関係者同士であり、一学年に一クラスだけの学校に通う同級生でもあり、決して遠くはないけれど、近すぎもしない距離《きょり》のまま。

もちろん、そんなのは自分の勝手な希望でしかなくて、そうならなかったとしても、憧吾はなにも悪くない。

長い廊下を足早に進みながら、三津は、うん、と小さくうなずいた。

どんな態度を取られたとしても、自分はこれまでどおりの自分でいよう、と。

その夜、宇沙巳《うさみ》が身を寄せているという大宮《おおみや》さんの家に電話をした。

どうしても一度、様子を確かめておきたかったからだ。遠雷《えんらい》さんはああいったけれど、と疑ってのことではない。ただ、心配だった。軟禁《なんきん》までされていたという、宇沙巳のことが。

番号は小巻が知っていて、事前に三津から電話がかかることも伝えてもらっていた。

「もしもし」

聞こえてきた声は、家主のものではなかった。

「宇沙巳くん?」

「大宮さんに、あんたから電話がかかってくるから自分で出ろっていわれて」

「そうなんだ。うん、元気かなと思って」

「なにそれ。心配して電話してきたってこと? わざわざ?」

「心配するよ。だって……」

だって、お母さんに鎖《くさり》でつながれたんでしょ? 声には出さず、頭の中でつぶやいた。

電話の向こうで宇沙巳が、ふっと笑う。

「せまい島はこれだから。まあ、あんたにならなにを知られたって別にいいけど」

「わたしにならって、どういう意味?」

「さあ……自分でもよくわかんないけど。そう思ったからそういっただけ」

おたがいに少しだまったあと、宇沙巳のほうから「あ、そうだ」といった。

「今回のことで、オレにはなにも期待しないでね。いまのオレはただの中学生だから」

淡々《たんたん》といって、さっさと電話を切ってしまう。いつもどおりの宇沙巳だった。

三津《みつ》の献身《けんしん》

瀧山《たきやま》に向かうため、三津が人力車に乗りこんだ直後。

「三津さま！　たったいま、長壁姫《おさかべひめ》からお知らせが！」

正面玄関《げんかん》から、菊《きく》が飛び出してきた。

菊の取り乱した様子から、なにかよくない知らせがあったのだと予感する。車夫の男性に、「楽にして待っていてください」とだけいい残して、三津は菊とともに館内にもどっていった。

菊に導かれるまま、大伯母《おおおば》の執務室《しつむしつ》へと駆《か》けこむ。

執務室には、小巻《こまき》のほかに多岐《たき》の姿もあった。執務机の前にいる小巻のななめうしろに、黒いスーツ姿で控《ひか》えている。

多岐さんだ！　と思った瞬間《しゅんかん》、きゅうっと胸が苦しくなった。これってもしかして、と思う。

こんなのもう、とも。

……いまは、余計なことを考えているときじゃない。

すぐにそう思いなおして、執務机《しつむづくえ》の前まで走っていった。

机の前には、いつもの背もたれの高い椅子《いす》が用意されていたけれど、座《すわ》る余裕《よゆう》など三津にはない。

「姫《ひめ》さまからはどんなお知らせが？」

三津の問いかけに、小巻は額を押《お》さえるばかりで、なにも答えてくれなかった。

代わりに答えたのが――、

「姫さまが、最後のごあいさつをしたいとおっしゃっておられます」

椅子からの声だった。

この声は、と思う。ふり返ったそこには、高い背もたれが余計に高く見えるくらい小さな日本人形が、ちょこんと座っていた。

「藻留《もる》さん！」

藻留は、ほんのわずかに首をかたむけて、ごきげんよう、三津どの、と答えた。

「最後の……って、どういう意味ですか？」

「言葉のとおりでございます」

執務机《しつむづくえ》の向こうから、小巻が説明してくれた。

「最後の力をふりしぼって、姫《ひめ》さまが《御道《おんどう》》を作ってくださったそうです。我々のために」

藻留が、ぴょこん、と椅子《いす》から飛びおりた。

「さあ、三津どの。ご当主とごいっしょに、どうぞ」


いつもの大広間に、一組だけ敷《し》かれた布団《ふとん》。

そのまわりを、黒い花々が取り囲んでいるように見えた。

近づいてみると、それは小天狗《こてんぐ》たちの集団だった。黒い翼《つばさ》を閉じた無数の背中が、床《とこ》に伏《ふ》せた長壁姫のまわりを取り囲んでいるのだった。

「姫さまあ」

「死んじゃいやですよう」

「いつものようにお話してくださあい」

幼稚園児《ようちえんじ》くらいの幼さに見える小天狗たちは、次々と長壁姫を慕《した》う言葉を口にし、わんわんと泣き声をあげていた。

長壁姫は数少ない友だち。いつだったか遠雷《えんらい》が、そういっていたのを思い出す。

遠雷さんはどこに？　と三津は周囲を見回した。

「あ……」

深い森に面した窓枠《まどわく》のひとつに、黒一色の着流し姿の遠雷を見つける。その背後には、黒雲がわき出しているように見えるほどの数の烏《からす》、烏、烏。

三津と目が合うと、遠雷は静かに床《ゆか》の上に足先をおろした。

三津の背後に控《ひか》えていた多岐が、すかさず前に踏《ふ》み出《だ》してくる。三津と小巻、ふたりを背中にかばうようにして立った多岐に、冷ややかに遠雷がいい捨てた。

「場を考えろ、番犬」

この場に自分たちがいるのは、死《し》に際《ぎわ》の長壁姫のためだけだ。そういったのだとわかった。

「多岐」

小巻のひと声で、多岐の背中が視界から消える。三津の視界にあるものは、黒い花々に囲まれた長壁姫だけにもどされた。

「姫《ひめ》さま……」

呼びかけながら近づいていくと、枕《まくら》もとにいた小天狗《こてんぐ》たちが場所をあけてくれた。

二日前に会いにきたときよりも、さらに顔の色が変色している。炭化したように黒ずんだ顔の、目の部分だけにほんのわずか、光が見えた。うすく開いたその目で、長壁姫が三津を見つけ
る。

「三津……どの……」

つづいて、小巻を呼んだ。

「こま……き、どの」

三津と小巻は、それぞれ左右の枕《まくら》もとにひざを寄せ、顔を近づけている。

「お目に、かかれるのは……これが最後に、なりましょう……」

「そんな！　いやです、姫《ひめ》さま！」

三津の悲鳴のような声に、小天狗《こてんぐ》たちが共鳴したように泣き声を重ねてくる。

「ああ……しあわせ……こんなに惜《お》しんでもらいながら……長い眠《ねむ》りにつくことが……できる
……なんて……」

最後はほとんど、吐息《といき》のようになってしまった長壁姫の声。皮しかもう残っていないような長
壁姫の手を、三津は強くにぎりしめた。

「なにか、なにかできることはないのですか？　姫さま！　姫さまのためにできることがあるな

ら、わたし、なんだって……」

ゆらりと瞳《ひとみ》を揺《ゆ》らすことで、長壁姫は答えた。できることなど、もうないのだと。

「ここまで弱ってしまったら、この肉体で生き延びることはもうできない。オレたちも、力は尽《つ》くした」

長壁姫の足もとに立っていた遠雷がいう。

三津は長壁姫の首すじに顔をうずめるようにして、いやだ、いやです、とくり返した。

「三津どの……と、小巻どの……に、お会いできるのは、おそらく、これが最後……ですが、この肉体が滅《ほろ》びて、も……《長壁姫》は、不滅《ふめつ》です……いつか、どこかで、これはあの妖怪《ようかい》ではないか、とだれかが思い出すことがあれば……」

にぎっていた長壁姫の手から、なにかが抜《ぬ》け出《だ》していこうとしているのが三津にはわかった。

「姫《ひめ》さま！　だめ、いかないで！」

わーんわーん、と小天狗《こてんぐ》たちが競《きそ》い合《あ》うように泣いている。

「姫さま……長いあいだ、お近くにいられて小巻もしあわせでした……」

小巻のささやく声に、長壁姫の黒ずんだまぶたが、痙攣《けいれん》するようにかすかに動く。

それが、最後になった。

「姫《ひめ》？」

確かめるように、遠雷が呼びかける。

長壁姫からの返事はなく、どこからか聞こえてきた藻留の声が、

「たったいま、息を引き取られました」

代わりにそう告げた。

「そんな……どうして？　どうして、姫さまが……」

顔もあげずに泣きつづける三津を、強い力が抱《だ》き起《お》こした。肩《かた》を包んだ手の感触《かんしょく》だけで、多岐だとわかる。

よろめきながら立ちあがった三津は、そのまま多岐の肩に顔を押《お》しつけた。だれにも泣いている顔を見られたくなかった。小巻にも、遠雷にも。多岐は、三津を頭ごとかかえるようにしてくれている。

遠雷の声が、くぐもりながら聞こえてきた。

「あとの始末は、オレたちでやる。その代わり……」

小巻がそれに、ぴしゃりと答える。

「あなたにいわれなくても、島の人たちは江《え》場《ば》の家が守ります」

「そ。なら、そうして」

小巻と遠雷のあいだにも、長い時間が流れてきたのだと、あらためて気づく。江場家と天狗《てんぐ》。おたがいにしかわからない、奇妙《きみょう》な絆《きずな》を垣間《かいま》見《み》たような気持ちになった。

「すみません、多岐さん……もうだいじょうぶです」

ようやく涙《なみだ》をぬぐうことができた三津は、多岐からそっと離《はな》れた。

「さあ、ご当主、三津どの、多岐どの。いまのうちに《御道》へ。じきに閉じてしまいます」

藻留にせかされて、ついさっき通ってきたばかりの《御道》へと向かった。

油を塗《ぬ》った透明《とうめい》な壁《かべ》のようなものを目指して広い庭を横切っていく途中《とちゅう》、《御道》を使うのもこれが最後なのだと気づく。

止めたはずの涙がまたひとすじ、三津のほおを流れた。


「三津さま、だいじょうぶですか？　少し休まれますか？」

様子をうかがうような桜《さくら》の声に、はっと顔をあげる。いつのまにか、足を止めてしまっていたらしい。

「すみません、すぐいきます」

少し先までいってしまっていた桜のところまで、一気に足を進める。

今朝の瀧山は、白く煙《けむ》っていた。

「その辺り、お足もとがぬかるんでいます。お気をつけくださいませ」

滝霊王《たきれいおう》のもとに向かう三津につき添《そ》っているのは、きょうも桜だ。

日替《ひが》わりで担当を替えるより、診療所代《しんりょうじょ》わりの大広間には梅《うめ》、哉重《かえ》の看病には菊《きく》、と慣れた役目に従事したほうがいい、ということになったらしい。

「ごめんなさい、つい考えごとを……あれ？　桜さん？」

たったいま追いついたはずの、桜の姿が消えていた。声だけが聞こえてくる。

「みーつーさーまー」

ああ、これは、と思う。滝霊王の神域に入ったのだと。

気がついたときには、滝《たき》の内側にいた。足もとには雲の大地、頭上にも無数の雲が浮《う》かんでいる。きのうよりもさらにスムーズに、滝霊王のもとにたどり着くことができたようだ。

「きたね、三津」

空からの声に、ぐわん、と頭が揺《ゆ》れる。

「おはようございます、滝霊王さま」

「ふむ……きょうの三津は、きのうよりも早くここを出なければならないようだ」

「なぜですか?」

「心身が衰弱《すいじゃく》している」

「衰弱……」

思いあたることはあった。長壁姫との別れだ。《御殿之郷《ごてんのさと》》にもどってすぐ、待ってもらっていた人力車に飛び乗ってここへきた。きっとまだ、受け止めきれていない。

「すみません。とても大切だった方と、つい先ほど……お別れしてきたばかりで。だめですよね、万全《ばんぜん》の状態じゃないのに、牢《ろう》に鍵《かぎ》をかけるコツを教えていただこうとするなんて」

「とんでもない。かえっていいくらいだ」

ぐわん、と滝霊王の声に目が回る。

「かえって……いいんですか?」

「こういうことに使う時間に、長短は意味がない。張りきる必要もない。力が抜《ぬ》けているくらいでちょうどいい。いまの三津なら、なんでも飲みこめる。さあ、飲みこんでごらん」

なにを? と思う間もなく、頭上の空が暗くなった。黒い雲の中で、雷光《らいこう》がチカチカと光っている。映し出されたのは、きのうと同じくクダンとサトリだ。

立《た》ち尽《つ》くしたまま空を見上げていた三津の胸から、黒い煙《けむり》が噴《ふ》き出《だ》してきた。見る間にそれは、もくもくと広がりはじめる。頭上にある雲と同じくらいの大きさになったとたん、黒い雲の中にいたクダンとサトリが、ぎろり、と視線を動かした。

あっ、と思ったときには、クダンとサトリはもう、頭上の黒い雲の中にはいない。あろうことか、三津の胸から噴き出した黒い煙の中に飛びこんできていた。

「ほうら、飲みこめた」

ぐわん。滝霊王の満足そうな声。

「だっ、だめです、滝霊王さま！　封《ふう》じ方《かた》がわかりません、逃《に》げられてしまいます！」

あわてて三津はさけんだ。

「のぞいてごらん、その中を」

その中？

ブラックホールの中のこと？

すがるような思いで、三津は目を凝《こ》らす。クダンとサトリを飲みこんだばかりの黒い煙に。

まっ暗だ。なにも見えない。たしかに飲みこんだはずのクダンとサトリも、どこにいるのかさっぱりわからない。

「無だ」

ぐわん。無。これが、無。

「ないものは、ない。あるけれど、ない。そういうことだよ、三津」

ないものは、ない。あるけれど、ない。

がちん。

どこか遠くで、頑丈《がんじょう》な鍵《かぎ》がかかったような音がした。

「雨……」

気がつけば、針のように細い雨がふりはじめていた。肌《はだ》の表面をさらさらと撫《な》でていく、濡《ぬ》れない雨だ。

「三津はもう、要領を得たようだ」

ぐわん、と滝霊王の声。

胸の外に引っぱり出されたはずの黒い煙《けむり》が、どこにも見当たらない。まるで雨に溶《と》けて消えてしまったようだ。どこかにあるのはわかるのに、目には見えなくなっている。

「ないものは、ない。あるけれど……ない」

三津がそうつぶやくと、どどんっ、と地響《じひび》きに似た轟音《ごうおん》が襲《おそ》ってきた。

三津の体ごと浮《う》きあがりそうなほどの風が、足もとから吹《ふ》きあげてくる。消えていた黒い煙《けむり》がまた、見えるようになっていた。

がちん、と鍵《かぎ》の開く音につづいて、煙の中から、渦《うず》を巻きながらクダンとサトリが姿を見せた。そのまま頭上の空に、びゅんっと吸いこまれていく。黒い雲の中で、ひときわ激しく光が明《めい》滅《めつ》した。光りながら、黒い雲が空の彼方《かなた》に流れていく。

ぽかりと白い雲だけが浮かんだ、のどかな空がもどってきた。三津のブラックホールも、胸の中にもどされている。

「どうかな、できそうかな」

耳の中で、滝霊王のおだやかな声が爆発《ばくはつ》する。

迷うことなく、三津は答えた。

「できると思います」

長いようで、短い沈黙《ちんもく》のあと。

滝霊王は、これまでもっともおだやかで、それでいて苛烈《かれつ》でもある声を、三津の耳の中で爆発させた。

「三津の献身《けんしん》、この目で確かめた」

ぐわん！　気が遠くなりそうなくらい、目が回る。

つづけて滝霊王は、思いがけないことをいって三津を驚《おどろ》かせた。

「この献身をもって、クダンとサトリの隔離《かくり》に《黙約《もくやく》》は不要とする」

埋《う》められていた付喪神《つくもがみ》

江場《えば》一津《いつ》はかつて、滝霊王《たきれいおう》にこう誓《ちか》っている。

思い人である遠雷《えんらい》への思いは断《た》つ。結ばれる相手に選ぶのは、《現《げん》》のみとする、と。

ひとり娘《むすめ》だった一津は、生涯《しょうがい》を独り身で過ごすと誓うことはできなかったからだ。家を絶やさないため、だれかと結ばれなければならなかった。

一津の捨てた煩悩《ぼんのう》と引《ひ》き換《か》えに、滝霊王は願いを受け入れた。これがのちのち、江場家の《黙《もく》約《やく》》となる。

『天狗《てんぐ》を含《ふく》む《界《かい》》、さらには《現》ではないものとしての《祖《そ》》、このどちらも、《江場家の娘》が〈この先〉を望む相手にはしない』

江場一津の血を引く《江場家の娘》はみな、この誓いをやぶらなかった。

やぶらなかったがゆえに、心のバランスを失った《江場家の娘》もいる。

三津《みつ》の母親――葉津《はつ》だ。

島を守るため、大伯母《おおおば》たちは葉津から思い人を遠ざけた。瀬戸内《せとうち》先生を身代わりの婚約者《こんやくしゃ》とし、島から出してしまったのだ。

それほどまでに《江場家の娘《むすめ》》たちを厳しく戒《いまし》めてきた《黙約《もくやく》》を、滝霊王はもう不要だという。

三津には理解できなかった。

疲《つか》れきった状態の三津を滝《たき》の前で見つけた桜《さくら》は、血相を変えて心配し、かかえるようにして山をおりてくれた。

体も心も、泥《どろ》のよう……。

長壁姫《おさかべひめ》に会いたい、会っていろいろ話したい、と当たり前のように思い、ああ、姫さまはもう……と気づいて目の前が暗くなる。

人力車に乗せられてからも、三津はうつろな目で、流れる景色を見つめていることしかできなかった。

桜と車夫の男性、ふたりがかりで人力車からおろしてもらい、《御殿之郷《ごてんのさと》》の荘厳《そうごん》な正面玄関《げんかん》を間近に見上げる。

人が建てたものとも、人のために建てられたものとも思えない、非現実的な佇《たたず》まいの《御殿之郷》。

いまここにいるのは、不測の事態に戸惑《とまど》っている島の人々だ。身を寄せ合って、平穏《へいおん》だった日常の再開を待ちわびている。

少し力がもどってきたような気がした。

「ありがとうございました。もうだいじょうぶです。ひとりで歩けそうです」

車夫の男性にはそう告げて、正面玄関に向かってのぼる階段の下で別れた。

桜はというと、いつ三津が倒《たお》れてもいいようにということなのか、中腰《ちゅうごし》の体勢で寄《よ》り添《そ》ってくれている。

「桜さん、わがままをいってもいいですか？」

「なんでもおっしゃってください！」

「一度、〈灯台〉にもどりたいんです。ゆっくりしか歩けないかもしれないんですけど、いいですか？」

「もちろんでございます。ナマケモノよりゆっくりでもかまいません！」

ナマケモノよりゆっくり歩くのは、かえってたいへんそうだと思ったら、ふふ、と、つい笑ってしまった。

桜の腕《うで》に手を添《そ》えながら、岩肌《いわはだ》に張りついた赤い空中階段をのぼっていく。

とにかく一度ひとりになって、ゆっくり考えてみたかった。それに、きょうこそたすくが出てきてくれるかもしれない。

赤く塗《ぬ》られた木製の手すりにすがりつくようにして、階段をのぼりきる。〈灯台〉の玄関《げんかん》が半分ほど見えてきたところで、桜が三津の正面に回りこんできた。

「わたくしが先に見てまいります！」

何度も置かれているハクビシンの死骸《しがい》を、警戒《けいかい》してくれたのだろう。

軽快に走っていった桜のあとに、のろのろと三津もつづく。

「玄関先にはなにもございませんでした！」

桜の報告に、こくこくとうなずいたあと、三津はふと、これまでハクビシンの死骸を葬《ほうむ》ってきた茂《しげ》みのことが気になった。

海側に面した庭には、いたるところに緑の茂みが点在している。その中の、海がよく見える場所にある茂《しげ》みに、ハクビシンの死骸《しがい》を運んでいた。

その茂みを見て、どうするつもりだったわけでもない。自然と足がそちらに向かっただけだ。

「三津さま？」

すぐに桜が、駆《か》け寄《よ》ってきた。

「どうかなさいましたか？」

「ちょっと……気になって」

目当ての場所まできた三津は、首を伸《の》ばすようにして茂みの奥《おく》をのぞきこんだ。

「……えっ？」

予想もしていなかった状況《じょうきょう》が、そこにはあった。掘《ほ》り返《かえ》されたあと、なにかを埋《う》めて、また土をかぶせたことがひと目でわかる状態になっていたのだ。

だれかがハクビシンをここに？

先にハクビシンを見つけただれかが、先回りして？

「なにか埋めてあるようですね」

桜の声に、はっと我に返る。

三津は茂みをかきわけて、掘り返したあとのある場所に近づいてみた。

かぶせられた土が少なく、埋《う》められたものがわずかにのぞいている部分があるのに気づく。土の色によく似た茶色のなにかだ。色は似ていても、質感が微妙《びみょう》にちがう。

「……まさか……」

いやな予感に、心臓がばくばくと暴れ出す。三津は両手で土をかき出しはじめた。

「三津さま？　お手が汚《よご》れます！」

制止する桜にもかまわず、三津は土をかき出しつづける。はっきりと陶器《とうき》だとわかる感触《かんしょく》を、指先がさぐりあてた。

「たすくちゃん！」

まだ半分ほど地中に埋まっている信楽焼《しがらきやき》のたぬきを、三津は両腕《りょううで》でかかえこみ、力いっぱい引きあげた。いきおいあまって、しりもちをついてしまう。

「付喪神《つくもがみ》……が、なぜ土の中に？」

桜は、わけがわからない、という様子だ。

「たすくちゃんっ、返事して！　たすくちゃん！」

ひざの上にかかえたたすくに、くり返し三津は呼びかける。いつものちょっと震《ふる》えているような声は、一向に聞こえてこない。

「たすくちゃん……ねえ、付喪神《つくもがみ》でしょ？　死んだりしないよね？　返事して、ねえ！」

あまりの三津の取り乱しように、桜はおろおろしながらも、「たっ、多岐《たき》さまをお呼びしてきましょうか？」と声をかけてきた。

「番犬は呼んじゃだめっ！」

答えたのは、三津ではない。

桜とふたり、信楽焼《しがらきやき》のたぬきのとぼけた顔をじっとのぞきこむ。

「……やあ、お嬢《じょう》さん」

気まずそうに、たすくが話しかけてきた。

「話せるんじゃない！　どうしてすぐに返事してくれなかったの？」

三津がそう責めると、たすくは、てへ、という顔をした。もちろん、表情は一ミリも変化していない。そう見えた、というだけだ。

「だって、あのまま死んだふりをしていたら、これまでにないものすごーいため息を、お嬢さんがしてくれるかもしれないと思って」

「ひどい！　ひどいよ、たすくちゃん！」

「掘《ほ》り出《だ》してもらうまでは、本当に死にかけてたんですってば！　気絶してたんです、ちゃん

と！」

ほっとするあまり、途中《とちゅう》からはたすくがなにをいっていたか覚えていない。

とにかくお部屋に入りましょう、と桜にうながされて、たすくをかかえたまま歩き出す。歩き出してからも、たすくはあれこれ話しつづけていたようだ。

「よくしゃべる付喪神《つくもがみ》だこと！」

桜もあきれていたくらいだ。

なにがあったのか、なにがどうなって土の中に埋《う》められていたのか、だれがそんなことをしたのか。知りたいことは次から次へと頭に浮《う》かんでくるけれど、いまはとりあえず、たすくが腕《うで》の中にいるだけでよかった。


「それでは三津さま、どうぞごゆっくりお休みくださいませ」

「ありがとうございます、桜さん。気をつけてもどってくださいね」

「おやさしいお言葉、ありがとうございます！」

泥《どろ》だらけのたすくは、三津が着替《きが》えを済ませているあいだに、桜がお風呂場《ふろば》で洗っておいてくれた。きれいになったたすくは、ゆったりとソファに座《すわ》っている。

桜さんもゆっくりしていってください、と引き止めたのだけれど、菊《きく》と梅《うめ》に悪いからと、応じてもらえなかった。

桜を送り出し、扉《とびら》を閉める。鍵《かぎ》をかけたとたん、全身から力が抜《ぬ》けていくようなため息が出た。

「あーっ、どうしてそんなところでため息ついちゃうんですか！　こっちでやってくださいよ、もうっ」

さっそくソファから、抗議《こうぎ》の声があがった。いまの三津は、抗議されることすらうれしい。

「それで？　いったいなにがあったの？」

そうたずねながら、たすくのとなりに腰《こし》をおろす。

たすくは、本当にたいへんだったんですからね！　と強調してから、二日前に起きたできごとを話しはじめた。

たすくの身に起きたのはおおよそ、こういうことらしい。

いつものように気まぐれに〈灯台〉に出没《しゅつぼつ》したたすくは、三津はいないのに、だれか別の人間の気配があることに気がつく。

いったん姿を消して、こっそり顔を見てやろうと思った瞬間《しゅんかん》、目の前が暗くなった。袋状《ふくろじょう》のものを、頭からかぶせられたのだ。〈もの〉としてあつかわれると、付喪神《つくもがみ》としての力はとたんに弱まってしまう。抵抗《ていこう》する術《すべ》もなく、たすくは家の外に運び出された。

ざっ、ざっ、ざっ、と土を掘《ほ》り返《かえ》す規則的な音を聞いているうちに、うとうとしてしまったたすくは、気がついたときには土の中に埋《う》められていて――。

「つまり、相手の顔は見てないってことだよね」

「うしろから、いきなりがばっと袋をかぶせられたんですもの」

この家に入ることができるのは、合《あ》い鍵《かぎ》を持っている小巻《こまき》だけだ。小巻が入った？　まさか。あの大伯母《おおおば》が、こそこそするような真似《まね》をするはずがない。多岐や菊、梅、桜の三人が勝手に家にあがることなど絶対にないし、〈灯台〉全体に結界が張られているため、《界》が入りこむことも考えられない。

例外は、たすくをはじめとする《つくもの会》のみなさんだ。付喪神たちは、もともと〈もの〉だったからなのか、ほかの《界》とはちがって、結界があっても神出鬼没《しんしゅつきぼつ》なのだ。

遠雷も、結界の中に入ることはできる。結界を張るのに必要な原理と術の体系を一津から教わっていて、江場家が用いるものならば、部分的に無効化することができるのだという。ただし、家の中に入るには、鍵《かぎ》をこわすか窓を割るしかない。そんな痕跡《こんせき》はなかった。

遠雷でもなく、仲のいいたすくを土に埋《う》める理由がない《つくもの会》のみなさんでもない。

そう考えていくと、合い鍵を持ち出すか、複製することができた人間、もしくは、三津とはまったく交流のない付喪神《つくもがみ》のどちらかが侵入《しんにゅう》したとしか思えなかった。しかも、たすくを埋めた場所はあの茂《しげ》みだ。庭にはほかにもたくさんの茂みがあるのに、わざわざ。

ハクビシンを殺して玄関先《げんかんさき》に置きつづけていた犯人と、たすくを襲《おそ》った犯人は、同一人物？　だとしたら、動物をくり返し殺すような人物が、勝手にこの家の中にいたことになる。

となりにいたたすくを、引ったくるように三津は抱《だ》き寄《よ》せた。

「どうしました？　お嬢《じょう》さん。震《ふる》えてるじゃありませんか」

「うん……ねえ、たすくちゃん。きょうはこのまま、ちゃんとそばにいて。勝手にいなくならないで」

えー？　といいながらも、たすくは三津に抱きしめられたままでいる。

あとで多岐さんに報告はしておこう、と思った。忙《いそが》しそうだから、申し訳ない気もするけれど、これはたぶん、かくしておいちゃいけないことだ。おばさんと哉重《かえ》さんにも、知らせなくちゃ。

「あ、スマホ……」

さっき着替《きが》えにあがったときに、二階に置いてきてしまったことを思い出す。取りにいかないと、と思うのに、体が重くて動けない。

ちょっとだけ休んでから。

そう思ったが最後、三津は気を失うように、ことんと眠《ねむ》りこんでしまった。

たすくをぎゅっと抱《だ》き寄《よ》せたまま。

夢の中だと、すぐにわかった。

ふかふかの毛皮の感触《かんしょく》を、ほおに感じていたからだ。

「……獏《ばく》さま?」

呼びかけると、ぼわあん、と膨張《ぼうちょう》しながら広がっていくような低い声が、ひぃさしぶうりだねぇ、みぃつう、と答えた。

ゆっくりと体を起こして、顔を上に向ける。金の混ざったふさふさの白い毛並みしか、視界に入ってこない。もっとずっと上まで視線をあげて、ようやく、にゅっとつき出た鼻先が見えてくる。

恐竜並《きょうりゅうな》みに巨大《きょだい》な、毛がふさふさの犬らしきもの。

おもしろい夢には目がない、獏《ばく》だった。

「きょうのみつの夢は、なんとも奇妙《きみょう》だったなあ」

「奇妙……ですか?」

きぃみょおう、きぃみょおう、とぼわあんぼわあんと声を膨張《ぼうちょう》させながら、獏が体勢を変える。ものすごい風圧に、三津は何歩かあとずさってしまった。

ふわりと、背中になにかがやわらかく触《ふ》れる。肩越《かたご》しに見てみると、獏の体からわき出ているまっ白な霧《きり》が、クッションがわりになって三津の体を支えてくれていた。

「わたしはやっぱり、みつの夢が好きなんだなあ」

「どんな夢だったかは、教えてもらえないんですよね?」

「教えられない教えられない。あんな奇妙な夢、忘れたらもったいないからねえ」

獏は、見た夢を人に話すとその内容を忘れてしまうのだという。

「代わりに」

あ、と思う。前に獏が夢に出てきたときにも、『代わりに』のあとにつづけて、知りたいことをひとつ教えてあげるといったのだ。

教えてもらえるのは、ひとつだけ。

三津がいま知りたいことは、三つある。

ひとつはもちろん、いま島を混乱させているさまざまな《界》の悪さは、いったいなぜはじまったのか、だ。裏で糸を引いているだれかがいるのなら、正体を知りたい。

もうひとつは、ハクビシンの死骸《しがい》を置きつづけ、たすくを地中に埋《う》めた犯人がだれなのか。

三つ目は、滝霊王がなぜ《黙約《もくやく》》はもう不要だといったのか、だ。その意味を、知りたかった。

貘《ばく》がいう。

「知りたいことをひとつ、教えてあげよう」

なにをたずねるか、三津は迷った。

迷いはしたものの、教えてもらうのならこれしかない、とすぐに答えを出す。

「島を混乱させようとしているのは、だれですか？」

貘は、ぼわあははは、と豪快《ごうかい》に笑った。

「教えてもいいけれど、そうするとみつは、その牢《ろう》をうまく使えなくなるよ」

「……えっ？」

その牢《ろう》。

貘《ばく》には、三津の胸の中にあるブラックホールが見えていて、牢番になる覚悟《かくご》をしていることもわかっているようだった。

「教えてもらって知る事実と、理解しながら知る事実は、似て非なるものだからねえ」

実らない恋《こい》

ぱち、と目を開く。

「わっ」

たすくのとぼけた顔が、すぐ目の前に迫《せま》っていた。

「やっと起きましたか」

「わたし……寝《ね》ちゃってた？」

「ええ、すやすやと。ぼくをだっこしたままで」

あわてて壁《かべ》の時計に目をやる。

午後四時を少し過ぎていた。三時間近く眠《ねむ》りこんでいたことになる。

「たいへん、多岐《たき》さんに電話……」

あたふたとソファから起きあがろうとした三津《みつ》に、キッチンのほうから声がかかった。

「わたくしになにか？」

きゃーっと悲鳴をあげそうになったくらい驚《おどろ》いた。

「たっ、多岐さん？」

おそるおそるキッチンのほうに顔を向けると、椅子《いす》には座《すわ》らず、テーブルのはしに浅く腰《こし》かけている多岐がいた。

反射的に自分の服装を確かめる。黒いTシャツにデニムのショートパンツ。よかった。見られて恥《は》ずかしいかっこうはしていなかった。

どうしてここに？　と問いかけようとした三津に、なぜだかたすくが答える。

「おつきの女の子が帰ったあと、すぐに飛んできたんですよう。ものすごい剣幕《けんまく》でノックしてるのに、お嬢《じょう》さん、起きないいんだもの。そしたら、庭に回りこんできた番犬がぼくを見つけて、ものすごい形相で開けろっておどすもんだから……」

つまり、たすくが多岐を家の中に入れた、ということらしい。こほん、とせき払《ばら》いをしてから、多岐が補足した。

「おどしてはおりませんが、そこにいるこうもり傘《がさ》の付喪神《つくもがみ》が、飛びあがって錠《じょう》をはずしてくれたのは事実です」

そこに、と多岐が目線でさした場所を見ると、黒いこうもり傘《がさ》が、窓ガラスに立てかけられるかっこうで立っていた。

「こうもりおじさん！」

三津が呼びかけると、こうもりおじさんはぴょんぴょんと飛《と》び跳《は》ねて、ソファの前までやってきた。

「すまんね、お嬢《じょう》さん。わしら番犬には弱いんじゃ」

「あ、いえ！　多岐さんなら家に入ってもらっても問題はないので。あやまらないでください」

ほっとしたのか、こうもりおじさんはソファの上に飛び乗ると、背もたれの角度に合わせて、くにゃりと折れ曲がった。この折れ曲がった状態のほうが、こうもりおじさんの本来の姿なのだ。

「あの、多岐さん、すみませんでした」

こうもりおじさんと入《い》れ替《か》わりにソファから立ちあがった三津は、多岐に向かって深々と頭をさげた。

「桜《さくら》さんから、たす……信楽焼《しがらきやき》のたぬきの付喪神《つくもがみ》が土に埋《う》められていたって聞いて、心配してきてくださったんですよね？」

「ええ」

「すぐに多岐さんにお知らせしなくちゃと思ったんですけど、スマホを二階に取りにいく前に、うっかり寝入《ねい》ってしまって……」

なんだか新入社員がミスをして、上司にあやまっているようだ、と思う。

「では、取りにいかれますか？」

「スマホですか？　あ、はい、すぐに取ってきます」

「よければわたくしもごいっしょさせていただきたいのですが」

「えっ……」

自室として使っている二階は、寝室《しんしつ》も兼《か》ねている。多岐に見られるのは恥《は》ずかしい、と思ってしまった。そんな気持ちを見透《みす》かしたように、多岐がいう。

「侵入者《しんにゅうしゃ》の痕跡《こんせき》があるかもしれませんので」

はっとなった。多岐のいうとおりだ。たすくに袋《ふくろ》をかぶせて外につれ出した犯人は、それまでは自由にこの家の中を歩き回っていたのかもしれないのだから。

「ぜひ、お願いします！」

多岐が先に立って、螺旋《らせん》階段をのぼった。

のぼりきると、そこはもう部屋の中だ。散らかしてなくてよかった、とほっとしながら、湾《わん》曲《きょく》した壁際《かべぎわ》を頭にしたベッドに向かう。

充電《じゅうでん》コードにつないで枕《まくら》もとに置いてあったスマホを手に取り、着信と通知を確認《かくにん》する。十件以上たまっていた。

最後の着信と、その前の五件くらいは、いずれも多岐からだ。

「しつこく着信を残してしまい、申し訳ありません。心配だったものですから」

「いえ、そんな。わたしのほうこそ、スマホを放ったままにしていてすみませんでした」

多岐がクローゼットのほうを見た。

「よろしければ、開けさせていただいても?」

「はい、もちろん」

中にだれかがひそんでいないとも限らない、ということだろう。クローゼットの前に移動した多岐が、観音開きの扉《とびら》を開けるのを、うしろから見守る。

それほどかかっているものもない、すいた内部を目視でさっと確かめたあと、三津にも確認を求めた。特になくなっているものも、増えているものもない。

「だいじょうぶそうです」

「そうですか……では、このまま少しお話をうかがってもいいでしょうか」

二階には椅子《いす》の類いがなく、腰《こし》をおろせるのはベッドのはしだけだ。必然的に、立ったまま話すことになった。

「付喪神《つくもがみ》から、ざっと説明は受けました。侵入者《しんにゅうしゃ》に、心当たりはございますか？」

「それが、まったくないんです。ただ……」

「ただ？」

「たす……信楽焼《しがらきやき》の付喪神を土に埋《う》めた犯人と、ハクビシンの死骸《しがい》を玄関《げんかん》に置いている犯人は、同じなんじゃないかと思うんです」

「三津さまがハクビシンを葬《ほうむ》ってらした場所を選んで埋めたからですね？」

はい、と返事をしたとたん、いきなり足もとがふらついた。

どうしたんだろう、めまいかな、と思った直後、がたがたがたっ、とクローゼットの扉《とびら》が暴れ出した。

「じっ、地震《じしん》？」

どこかにつかまらないと、と伸《の》ばした手を、多岐に引きつかまれる。そのまま抱《だ》きかかえられるかっこうになった。

両腕《りょううで》で包みこむようにして三津の頭を守りながら、なにもない壁際《かべぎわ》へと移動していく。三津の背中が壁に向けられるのを待っていたかのようなタイミングで、揺《ゆ》れが激しくなった。立っているのがむずかしいくらい、回転するように床《ゆか》が揺れる。

三津は、多岐のおなかのあたりにしがみついたまま、ずるずるとしゃがみこんでしまった。三津に合わせて、多岐も片《かた》ひざをついて姿勢を低くする。おたがいに口を開くこともなく、揺れが弱まるのをただじっと待った。

こわい、と感じる感覚すら麻痺《まひ》するほどの巨大《きょだい》で突発的《とっぱつてき》な揺れに、三津の頭の中はまっ白になっている。そのまっ白なスクリーンに、突如《とつじょ》、ある場面が映し出された。

いまよりもずっと若くて、体つきもまるで別人のように華奢《きゃしゃ》な多岐が、小さな女の子を抱きかかえている。場所は、《御殿之郷《ごてんのさと》》の長い廊下《ろうか》の途中《とちゅう》だ。

ふたりの体は、いまの三津たちと同じように、激しく揺れている。

ああ、あれは……わたし。

十歳《さい》だったころのわたしと、高校生だったころの多岐さんだ……。

「おさまってきたようですね」

ささやくような多岐の声が、耳のすぐそばから聞こえてきた。声の近さに、ぎょっとなる。多岐の横顔が、目の前にあった。

忘れていた記憶《きおく》が、次々とよみがえってくる。十歳《さい》のときの自分も、こんなふうにこの横顔を間近に見上げていた。

としふみくんだよ、と母親に紹介《しょうかい》されて、アイドルみたいにかっこいいお兄さんだと思ってどきどきしたことも、あいさつするのが恥《は》ずかしくて、母親のうしろにかくれてしまったことも、いまなら思い出せる。

多岐から話は聞いていた。地震《じしん》があったとき、いっしょにいたこと。頭をかばうためとっさに、おおいかぶさるようなかっこうになったこと。

自分の記憶として思い出すことができたのは、これがはじめてだ。

記憶がもどったことで、やっと知ることができた。

わたしの初恋《はつこい》の相手は、やっぱり……。

「立てそうですか?」

「あ、はい……」

先に立ちあがった多岐が手をさし出している。つかまって立ってください、ということだ。盛夏《せいか》を前に、十歳《さい》のとき以来の場家之島《ばけのしま》にやってきた。迎《むか》えにきた多岐の、過剰《かじょう》なほどにかしこまった態度に戸惑《とまど》いしかなかったことを思い出す。

あれから約三か月。

同じように多岐は、三津にあらたまっている。かたくななほどに、三津に仕える者としてふるまっている。なぜかいま、そういう多岐がいとおしく思えてしょうがなかった。

そのかたくなさが、一途《いちず》さが、甘《あま》さのなさが、いつのまにか大好きになっていた自分がいる。とうとう気づいてしまった。

『いつかは選ぶだろ？　だれかのことは』

憧吾《どうご》にそうたずねられたときから、予感はあった。大伯母《おおおば》の執務室《しつむしつ》で久しぶりに姿を見かけたときには、ほとんど気づきかけていた。

いまはもう、疑いようもなく気づいてしまっている。

——多岐さんが、好き。

望まれてなんかいない思いだとわかっているのに、気づいてしまったら、恋《こい》はもう恋以外のなにものにもなれない。

「ごめんなさい……多岐さん」

さし出された手を、三津はにぎり返すことができなかった。

多岐が望んでいるのは、主従の関係だけ。

さし出された手も、主《あるじ》のためのもの。

恋《こい》してしまった自分は、この手にたよって立ちあがることは、もうできない。

なにより、と三津は両手で自分の顔をおおった。触《ふ》れたら最後だ。気づかれてしまう。恋になってしまったこの思いに。手と手が触れたその瞬間《しゅんかん》に。

「手に触《さわ》るのがおいやでしたら、肩《かた》をお使いください」

気づいていない多岐は、すぐに体勢を変えた。片《かた》ひざをついて、三津に右肩を近づける。

そんなこと、されたらされるほど好きになってしまうのに、と怒《おこ》りたくなった。そんな自分になってしまったことにも、怒りたくなる。怒る代わりに三津は、多岐の右肩に額を強く押《お》しつけた。

「わかりませんか？　こまるんです……そういうの」

この恋は、実らない。

わかっている。

そもそも多岐は大人だ。まだ十六歳《さい》にもなっていない自分を、その時点でもう受け入れるはずがない。

大伯母《おおおば》たちが成就《じょうじゅ》させようとしていた、記憶《きおく》のない初恋《はつこい》――《寄託《きたく》》にしたってそうだ。あくまでも、『いずれ恋愛《れんあい》関係になる』という予約のようなものでしかなく、二十二歳の青年や同性のいとこと、いますぐ恋愛をさせよう、という意向はなかったはずだ。

多岐の右肩《みぎかた》に額を押《お》しつけたまま、いまの自分にいえる精いっぱいのことを、三津はいった。

「わかってください……多岐さんがわたしに思われたくないと思っていることは、わたしだって思いたくないんです……」

頭のうしろに、多岐の大きな手のひらが添《そ》えられた。右肩に押しつけたままになっていた額が、肩の上をすべって胸の中に落ちていく。

「……ご配慮《はいりょ》、感謝いたします。わたくしも、より注意を払《はら》うようにいたします」

そういいながらも、頭のうしろに添えられている手がやさしい。額を押しつけている胸も、いやがっているようには思えない。

いっていることと、やっていることが合っていないです、多岐さん……そういいたかった。

突然《とつぜん》、多岐の上着のポケットからスマートフォンの呼び出し音が鳴り出した。

わっ、と珍《めずら》しく声を出して驚《おどろ》いて、多岐がぱっと三津から体を離《はな》す。

「申し訳ありません、マナーモードにしておりませんでした」

そういいながら立ちあがると、スマホを手に窓際《まどぎわ》へと歩いていく。

自力で立ちあがった三津は、そのまま螺旋《らせん》階段で階下へと向かった。ふ、と自然に口もとが笑ってしまう。

恋《こい》だと気づいて、その数分後には、もう失恋《しつれん》していた。目が回るような早さでの恋のはじまりと終わりだ。これでは涙《なみだ》も出ない。

おりたばかりの螺旋階段を、多岐が駆《か》けおりてきた。

「三津さま!」

顔つきが一変している。

「わたくしは《御殿之郷》にもどりますが、三津さまはこのまま、こちらにとどまってくださ い」

「なにかあったんですか?」

「正確な状況《じょうきょう》はわかりませんが、いまはあちらに近づかないでください。状況を把握《はあく》し次第《しだい》、わたくしのほうからご連絡《れんらく》いたしますので」

三津にそう指示を出した多岐は、ソファのほうに顔を向けた。

「三津さまのおそばにいてもらえると助かる。たのめるか?」

そのときまでは、まちがいなくたすくとこうもりおじさんしかいなかったソファの上に、一瞬《いっしゅん》で大量のガラクタがあらわれた。

「おまかせくださーい」

突如《とつじょ》として姿を見せた《つくもの会》のみなさんを代表するように、たすくが声を張りあげた。

ほんの少しだけ表情をやわらげた多岐が、「では」といって玄関《げんかん》から外に飛び出していく。

一方的に置き去りにされてしまった三津はすぐに、手にしていたスマホで哉重《かえ》に連絡を取った。

呼び出し音が、長くつづく。

「どうして出ないの、哉重さん……」

かけ直してみた。それでも出ない。呼び出し音がつづくだけだ。

「とりあえず、座《すわ》ったら? お嬢《じょう》さん。ね?」

いつのまにか、たすくが足もとにいた。

三津をなだめるように、いつもよりも甘《あま》えた声で、「ね？　ね？」とくり返している。多岐から三津の世話を任されたとでも思っているのかもしれない。しばらく考えこんだあと、「ごめんね、たすくちゃん！」とだけいって、三津は玄関《げんかん》に向かった。

「だめですよう、お嬢《じょう》さんっ」

引き止めるたすくの声を背中で聞きながら、扉《とびら》を開く。重かった体が、うそのように軽かった。

貘《ばく》の言葉が、ふおん、と頭の中によみがえってくる。

――教えてもらって知る事実と、理解しながら知る事実は、似て非なるものだからねえ。

理解しながら知っていく

炎《ほのお》が見えた。

正面玄関《げんかん》前の駐車場《ちゅうしゃじょう》だ。設置されていた多数のテントから、炎があがっている。まだ青い空に、大量の黒煙《こくえん》がたゆたっていた。

悲鳴が声にならない。衝撃《しょうげき》のあまり、のどの奥《おく》がしめつけられたようになっている。

「お嬢《じょう》さんっ」

駐車場へとくだっていく坂の手前で立《た》ち尽《つ》くしていた三津《みつ》を、大人の低い声が呼んだ。

僧侶《そうりょ》のような坊主頭《ぼうずあたま》の中年男性――尉砂《いすな》が、こちらに向かって走ってこようとしているのに気づく。地味な色合いの着流しのすそをはしょって、袖《そで》にはたすきをかけている。

「こちらにきちゃいけません。お住まいのほうにおもどりください！」

「尉砂さん、あの火はいったい……」

「迷《まよ》い火《び》たちのしわざです。ふだんはもちろん、悪さなんかしない連中なんですが」

浮遊《ふゆう》する炎《ほのお》が、ひとつ、またひとつとテントに着火していく様子を思《おも》い浮《う》かべて、三津はぞっとなった。そんなの防ぎようがない！

「中にいた人たちは？」

「避難《ひなん》して、いまは全員、館内に」

「無事なんですね？　よかった……」

だれも逃《に》げ遅《おく》れていないと聞いて、その場に座《すわ》りこみそうになるくらいほっとした。テントには比那《ひな》がいたはずだ。もしかしたら胡子《ここ》も、薫《かおる》も、ほかのクラスメイトたちも。

昨夜の寝場所《ねばしょ》にテントを選んだのは、ほとんどが身軽な中高生たちだった。高齢者《こうれいしゃ》や子どもづれの家族ではなかったことで、だれも逃げ遅れずに済んだのかもしれない。

「聞いてください、お嬢《じょう》さん。いま《御殿之郷《ごてんのさと》》に攻撃《こうげき》を仕掛《しか》けているのは、迷い火たちだけではないんです。次々と気の荒《あら》い《界《かい》》が集まりはじめています。ですから――」

お嬢さんは安全な場所に避難していてください。尉砂はきっと、そういおうとしている。

「心配してくださってありがとうございます、尉砂さん」

駐車場《ちゅうしゃじょう》に広がる炎を背にした尉砂が、射るようなまなざしで三津を見つめている。

「でも、避難《ひなん》していたら理解できません」

「理解？」

「わたしは、理解しながら事実を知らなくちゃいけないんです。《江場《えば》家の娘《むすめ》》として」

江場家に仕えている尉砂にとって、最後のひとことは響《ひび》いたようだ。

江場家の娘として。

それをいわれてしまったら自分は従うしかない、というように、尉砂が目を伏《ふ》せた。

三津の正面に立っていた尉砂が、一歩、横にずれる。いってください、ということだ。

「ただし、自分がおそばにいることはお許しいただきます」

すれちがいざまに、そう宣言された。尉砂の立場では、そうしないわけにはいかないことくらい三津にもわかる。

よろしくお願いします、とだけ答えて、三津は走り出した。


正面玄関《げんかん》は、封鎖《ふうさ》されていた。

見上げるほど大きく、重厚《じゅうこう》な扉《とびら》がこうして閉ざされているのを見たのは、これがはじめてのことだ。

その扉《とびら》のいたるところに、傷や汚《よご》れ、焦《こ》げあとがついている。あれはいったい、と思っていると、尉砂が説明してくれた。

「つい先ほどまでは、扉を打ちやぶろうとする《界》どもが、こちらにあふれかえっていたんですが……」

いまはどこにも姿がない。尉砂も、それが不思議なようだった。

「ここにいた連中は、追《お》い払《はら》いました」

頭上から、声が降ってきた。

見上げると、黒い翼《つばさ》を大きく広げた青年たちが複数、集まっている。天狗《てんぐ》たちだった。

空中に立っているように見えるその姿は、こうして間近に見ていても、壮大《そうだい》なマジックショーのように思えて仕方がない。

「遠雷《えんらい》さまのご指示で、《御殿之郷》をお守りにまいりました」

「遠雷さんが……」

「遠雷さまは現在、《御殿之郷》を目指して山をおりようとしている《界》どもを、食い止めていらっしゃいます」

ほかにもここに向かおうとしている《界》がいる、と知らされて、目の前の景色がぐらっと揺《ゆ》れたようになる。

「あちらの火もすぐに消火いたしますので、ご安心を。この場はどうぞ我々にお任せください」

天狗《てんぐ》のひとりからそう告げられ、三津は尉砂と小さくうなずき合った。

「隠《かく》し戸《ど》のほうにご案内いたします」

尉砂に先導されながら、建物の外壁《がいへき》に沿って走った。

三津ひとりでは、気づきもしないようなひっそりした場所に、外壁に擬態《ぎたい》した戸があった。

「コツがいるんです」と尉砂はいって、戸をいったん奥《おく》に押《お》してから横に引く。一度つっかかったような動きをしたあと、すっと開いた。

身をかがめて中に入る。まっ暗な空間の奥に、見覚えのある板張りの廊下《ろうか》が見えた。

「診療所《しんりょうじょ》代わりにしていた大広間には、いまはだれもいません。島民たちは全員、分散して客室のほうに移動してもらいました」

「どうして移動を？」

「正面玄関《げんかん》の扉《とびら》を封鎖《ふうさ》する前に、《猪笹王《いのささおう》》が飛びこんできてしまったんです。いまも大広間で暴れ回っております」

いのささおう、という《界》が、どんな妖怪《ようかい》なのか三津は知らない。それでも、暴れ出したら手がつけられないタイプの妖怪なんだろうな、ということはわかった。

「いまはご当主と哉重《かえ》さまが、陰陽道《おんみょうどう》のお力で大広間に封《ふう》じこめてくださっていますが、それもいつまで持つか……」

いくつもの角を走って曲がり、ようやく大広間のある廊下《ろうか》までやってきた。

観音開きの扉《とびら》の前に、小巻《こまき》と哉重の姿を見つける。そろって正座をし、扉に向かって印を結んでいた。

扉の向こうから、どすーん、どすーん、と体当たりしている音が聞こえてくる。

「三津さま！」

大広間の向かいの部屋から、菊《きく》が飛び出してきた。いま現在はスタッフルームとして使われている待合室だ。

「どうしてこちらに！」

駆《か》け寄《よ》ってくるなり、三津の背中を押《お》して大広間から遠ざけようとしはじめる。

「せめてあちらに」

つれていこうとしているのは、待合室のようだった。

「あちらでしたら、ご当主が強い結界を張ってくださいましたから、廊下《ろうか》にいるよりは安全です」

「待って、菊さん！　なにが起きているのか、わたしもちゃんと知りたいんです！」

「あとできちんとご報告いたしますから」

「あとではだめなんです！」

ぴた、と菊の動きが止まる。

「滝霊王《たきれいおう》さまは、これからもクダンとサトリを隔離《かくり》しつづけると約束してくれました。それは、わたしが今回のことをきちんと飲みこんで、自分にできることはなんでもするって決めたからなんです」

獏《ばく》は、教えてくれた。

滝霊王が、もう《黙約《もくやく》》は必要ないといったわけを。

あれは、江場一《いっ》津の捧《ささ》げたもの。

新たな《江場家の娘《むすめ》》は、島のために自分にもできることはないかとたずねた。できることはあると知ったら、そのための献身《けんしん》に迷わなかった。

それが、淡島《あわしま》三津の捧げたもの。

滝霊王にとってはどちらも等しく、自らの意志で身を投じて捧《ささ》げられたもの――。

『あとは、自分で考えてごらん』

そうして三津はいま、こう考えている。

滝霊王にとって、捧げられるものはなんでもよかった。そこに自分の胸を打つものさえあれば。それこそが、祈願《きがん》をかなえるための唯一《ゆいいつ》の条件。

新たな《江場家の娘《むすめ》》の捧げたものによって、クダンとサトリの隔離《かくり》は継続《けいぞく》されることになった。従って《黙約《もくやく》》はもう必要ない。

滝霊王はそういったのだと、腑《ふ》に落ちた。

だから、わたしは……。

「ひとつひとつ、ちゃんと理解しながら知っていかなくちゃいけないんです」

自分にもいい聞かせるように、三津は菊にそう告げた。新たな《江場家の娘》として、それがこの島でなすべきことなのだと。

菊は、こく、と小さくうなずいてから、三津の背中に添《そ》えていた手をおろした。

「尉砂さん」

つかず離《はな》れずの距離《きょり》にいた尉砂を呼ぶ。

「大広間に、別の入り口はありませんか？」

「食事を運び入れるための扉《とびら》がございます」

「つれていってください！」

尉砂に先導されて歩き出した三津に、菊がついてこようとする。

「菊さんは残ってください」

「なぜですか！」

「なにか起きたとき、客室に避難《ひなん》された方たちのためです」

あ、という顔をして、菊が足を止める。

「おばさんも、そのつもりで強い結界を待合室に張ったのではありませんか？　梅《うめ》さんと桜《さくら》さんも、あちらのお部屋に？」

「待機しております」

「では、菊さんもそうしてください」

「……承知いたしました」

歩き出す前に、尉砂が菊にたずねた。

「うちの息子《むすこ》はどこに？」

「多岐《たき》さまと、館内の見回りにいかれています」

多岐といっしょだと聞いてほっとしたのか、尉砂の顔にほんのわずか、息子《むすこ》の身を案じる父親の表情が見て取れた。

「いきましょう」

すぐに切《き》り替《か》えて、尉砂が足早に歩き出す。

「中に入られるおつもりですか?」

「はい」

「しかし、暴れているときの《猪笹王》はひどく獰猛《どうもう》で……」

「その姿も、自分の目でちゃんと見ておきたいんです」

なにが理由でそんなに暴れているのか。なにがどうなれば、暴れるのをやめてくれるのか。近くでその姿を見れば、わかることもあるかもしれない。

ぐるりと大広間のまわりを半周したところで、正面の出入り口とは比べものにならないくらいひっそりとした扉《とびら》の前に立った。

「わたくしが先に」

扉を開けようとした尉砂を、三津は止めた。

「いえ、中にはわたしがひとりで入ります。尉砂さんはここで待っていてください」

「そんなことはできません」

「ふたりで入れば目立ちます。ひとりのほうが、安全です」

尉砂が返事につまっているすきに、三津は扉《とびら》をさっと開けて、すばやく体をすべりこませた。

うしろ手で静かに扉を閉めながら、ああ……と暗いため息を漏《も》らす。

天井《てんじょう》に頭がつきそうなくらい巨大《きょだい》な猪《いのしし》が、くり返し観音開きの扉に体当たりをしていた。

盛りあがった岩のような背中には、クマザサがびっしりと生えており、体当たりのたびに、ざざっ、ざざざざっと激しく波打っている。

これまで交流してきた《界》たちとは、次元が少しちがうように感じる異様な風貌《ふうぼう》に、三津は圧倒《あっとう》されていた。

それなのに、なんの策もなく自分はいまここにいる。

「……お父さん」

気がつけば、そうつぶやいていた。

滝霊王でもなく、獏《ばく》でもなく、遠雷でもなく、多岐でもなく。

あわよくば助けにきてくれるかもしれない、と期待することすらできない遠方の地にいる父、淡島未九里《みくり》を思いながら三津は祈《いの》った。

「見守っていて」

それから、母、淡島葉津《はつ》が『わたしの娘《むすめ》さん』と自分を呼ぶ声を記憶《きおく》の奥《おく》からよみがえらせて、「お母さんも」とつけ加えた。

「ひとりじゃないって、思わせて」

三津はまず、靴《くつ》を脱《ぬ》いだ。足音を立てないためだ。それから、ゆっくりと《猪笹王》に近づきはじめた。

近づいたところで、なにもわからないかもしれない。なにかわかっても、蹴飛《けと》ばされておしまいかもしれない。

それでも、小巻や哉重のように特別な力を持っているわけでもない自分にできることは、知ることだけだ。正しく知って、どうすればこの状況《じょうきょう》を変えられるのか、考える。

寄せては返す波のように、扉《とびら》への体当たりをくり返していた《猪笹王》が、なにかに呼ばれたような様子で、ふっと視線を三津のほうに向けた。

見つかった！

足を止めそうになるのを、必死にこらえて進みつづける。もう少し、もう少しだけ近くにいかせて。心の中で、そう呼びかけながら。

近づいてくる三津を、《猪笹王》は不思議そうに小首をかしげて見つめている。自分が出ようとしても出ることができずにいる閉ざされた空間に、いきなり《現《げん》》があらわれたことが不可解でしょうがない、という様子だ。

背中に生えたクマザサが、風もないのにざわめいている。まるで生きているようだ。そのクマザサの中から、ふわっと綿毛のようなものが浮《う》かびあがった。ふわんふわん、と宙を泳ぎながら、三津のもとまでやってくる。

「ケセラン……パセラン？」

遊びたがりの、袈裟羅婆裟羅《けせらんぱせらん》。《猪笹王》のクマザサの中で遊んでいたら、知らないうちにいっしょに閉じこめられてしまったのだろうか。

三津が手のひらを上に向けてさし出すと、ふわん、と着地した。

「あなたには、《猪笹王》がなにをしたいのかわかる？」

手のひらに、パチッと静電気に触《ふ》れたような刺激《しげき》を感じる。

「外に出たいのかな、《猪笹王》は」

パチッ。まちがいない。これは、『うん』なのだ。

「じゃあ、扉《とびら》を開けたら、そのまま外に出ていってくれるよね?」

パチッ。

三津は、デニムのショートパンツのポケットに手を伸《の》ばした。スマホを右手でつかみ出すと、手早く哉重にメッセージを送った。

【扉を開けます。鍵《かぎ》を開けてくれますか? 《猪笹王》は外に出ていくといっているので、扉を開けたら、そのまま見送ってあげてください】

【まさか中にいる? 三津】


すぐにあった返信には、はい、とだけ答えて、三津は観音開きの扉の前に立った。

「すぐに出ていけるようにしますから」

そう声をかけながら、天井《てんじょう》に届くほど高い位置にある《猪笹王》の顔を仰《あお》ぎ見《み》た。

目が合った瞬間《しゅんかん》、三津の頭の中に、一枚の札がひらりと舞《ま》った。のたくった文字が書かれた、古いお札のようだ。

これはいったい?

青々とした《猪笹王》のクマザサが、ざざざっと揺《ゆ》れる。はっとして、扉《とびら》の取っ手を両手でにぎった。力いっぱい、左右に押《お》しやる。

扉の向こうには、小巻と哉重、それに菊、梅、桜の姿もあった。扉の前からは少し離《はな》れた場所に立ち、こちらを見守っている。

のし、と《猪笹王》が廊下《ろうか》に出ていった。鳴き声もあげず、荒々《あらあら》しく振《ふ》る舞《ま》うこともない。幅《はば》の広い廊下を、のし、のし、と正面玄関《げんかん》に向かってただ進んでいく。

三津はそのあとを追っていき、封鎖《ふうさ》されていた正面玄関の扉の施錠《せじょう》も、《猪笹王》のために開けた。扉の下に曲線を描《えが》いたレールが敷《し》かれていて、タイヤが滑《すべ》るようになっている。三津の力だけでも、簡単に扉は動いた。

「ちょっと待っててください」

少しだけ開いた扉のすき間から、今度は三津が先に、扉の向こうに出ていく。天狗《てんぐ》の青年たちに、これから出てくる《界》を攻撃《こうげき》しないよう教えるためだ。

上空に仁王《におうだ》立ちした天狗たちが、驚《おどろ》いたようにこちらを見下ろしている。

「これから《猪笹王》が出てきます。そのまま通してあげてください！」

三津がそう声をかけると、顔を見合わせながらも、「わかりました」と承知してくれた。

扉《とびら》をさらに大きく開ける。のし、と《猪笹王》が外へと出ていく。幅《はば》の広い坂をくだっていくあいだも、いきなり走り出したりはしない。のし、のし、と落ち着いた足取りのままだ。

三津はそのうしろ姿を、上空の天狗《てんぐ》たちとともに、見えなくなるまで見送った。

《蔵屋敷《くらやしき》》への侵入者《しんにゅうしゃ》

小巻《こまき》のお説教が止まらない。

ひとりで《猪笹王《いのささおう》》に近づくなんて、危険きわまりない行動だと。

開放された大広間の扉《とびら》の前だ。まわりには哉重《かえ》と尉砂《いすな》、菊《きく》、梅《うめ》、桜《さくら》の三人組もいる。

「でも、おばさん……」

「でもじゃありません！」

こまった。

怒《おこ》らせすぎて、話を聞いてもらえない。

「三津《みつ》が無鉄砲《むてっぽう》だったことは否《いな》めませんが、彼女《かのじょ》のおかげで《猪笹王》がおとなしく帰ってくれたのも事実じゃありませんか」

哉重がとりなしてくれても、小巻はむずかしい顔をしたままだ。

「哉重さまのいうとおりでございますよ、ご当主」

足もとからも、加勢の声があがった。

その場にいた全員が、うん？　と視線を下に向ける。

枕《まくら》カバーくらいのサイズの白い布が、ひらりと床《ゆか》に落ちていた。布の下からは、爪《つめ》の生えた手足がちらりとのぞいている。

「白布《しろぬの》！　いつのまに！」

菊、梅、桜が同時にさけぶ。すぐに追い出しますから、と中腰《ちゅうごし》になった三人を、哉重が制した。

「待って、ちょっと話を聞こう」

哉重は片《かた》ひざをついて身を屈《かが》めると、白布にたずねた。

「なにかわかっていることがある？　あるなら教えてもらえると助かるんだけど」

「袈裟羅婆裟羅《けせらんぱせらん》が、いろいろ知ってるようでございますよ」

白布はそういうと、爪の生えた指先で三津の頭を指さした。

「えっ？」

てっきり《猪笹王》といっしょに出ていったと思っていた袈裟羅婆裟羅が、三津の髪《かみ》からふわりと舞《ま》いあがった。

「袈裟羅婆裟羅も《猪笹王》も、我々とはちがって、ものいわぬ《界《かい》》ですからねえ。よければ通訳しましょうか?」

こくこく、と三津がうなずくと、白布は急に早口になって、ぺらぺらとしゃべりまくった。

「《猪笹王》は《御殿之郷《ごてんのさと》》に乗りこもうとしていた《がしゃ髑髏《どくろ》》や《比々《ひひ》》、《大百足《おおむかで》》といった、本来は気が荒《あら》いことで知られた《界》どもの暴走を食い止めようと、山からおりてきたのでございます。ところが、あら不思議。この《御殿之郷》を目にしたとたん、我を失い、気がついたときには暴れ回っていたと。そういうことのようでございます」

もともと《猪笹王》は、《御殿之郷》を守るために駆《か》けつけていた、という事実に、小巻も哉重も、ひどく驚《おどろ》いたようだった。

白布の通訳はつづく。

「なになに? 《がしゃ髑髏》も《比々》も《大百足》も、すでにここへきている?」

白布がそうきき返したとたん、閉めたばかりだった正面玄関《げんかん》の扉《とびら》が、どーん、と重々しい音を立てながら震動《しんどう》した。

尉砂が、いち早く走り出す。向かったのは、正面玄関とは逆の方向だ。隠《かく》し戸《ど》から外に出るつもりらしい。

「ご当主と哉重さまは待合室にご避難《ひなん》を！」

去《さ》り際《ぎわ》に尉砂が避難を呼びかけた中に、三津の名前はなかった。よければごいっしょに、ということだ。すぐさま三津はあとを追った。

「三津！　待ちなさい、三津！」

小巻が呼び止める声には、「ごめんなさい、あとでまたしかられますから！」とだけ答えて、足は止めなかった。

戸を開けて待っていた尉砂につづいて、外に出る。とたんに目も開けられないような突風《とっぷう》が吹《ふ》いてきて、あとずさりそうになった。

「天狗《てんぐ》たちが団扇《うちわ》で風を起こしているのでしょう」

尉砂がそう説明してくれた。この強い風を、団扇で？　あらためて天狗の異能に驚《おどろ》く。

風に抗《あらが》いながら、どうにか建物の正面までまわりこむと、特撮《とくさつ》映画の一場面かと思うような光景が目に飛びこんできた。

手にした団扇で起こした風を、上空から地上に向かって叩《たた》きつけている天狗たちに、飛ばされまいと暴れ回っている巨大《きょだい》な百足《むかで》。

すきをついて《御殿之郷》の正面玄関《げんかん》に向かおうとするまっ赤な猿《さる》――熊ほどの大きさがある――を、力技《ちからわざ》で押《お》し返《かえ》している天狗《てんぐ》たちもいる。

鎮火《ちんか》のあとの燃えかすだらけの駐車場《ちゅうしゃじょう》に目をやれば、大量の黄ばんだ骨が散らばっており、それらが、かたかたかたかた、と小刻みに震動《しんどう》していた。遠くのほうに、車よりも大きな骸骨《がいこつ》の頭がごろんと転がっているのが見える。震動している無数の骨は、その頭部に向かおうとしているようだった。

辺りを見回していた尉砂が、ぽつりという。

「悪い夢でも見てんのか……」

あっけに取られて、つい口にしてしまった、という様子だった。

常に冷静で、落ち着いた態度を崩《くず》さなかった尉砂。そんな人までが、途方《とほう》に暮れたようなつぶやきを口にする。いま目の前で起きていることが、どれほど異常で、予想の範囲外《はんいがい》のできごとなのか、いやでも実感させられた。

「お嬢《じょう》さんっ」

突然《とつぜん》、尉砂に強く腕《うで》を引かれた。

三津のいた場所に、電柱ほども太さのある《大百足》の胴体《どうたい》が、どすーん、と落ちてくる。う

ぞうぞうぞっと無数の足がうごめくのを間近に見て、全身の血の気が引いたようになった。尉砂が気づいてくれていなかったら、あれの下敷《したじ》きになっていたのだと。

「ここは危険すぎます。ひとまず安全な場所に――」

はなさずにいた三津の腕《うで》を引いて、尉砂が走り出そうとするのを、あわてて引き止める。

「待ってください、尉砂さん！」

倒《たお》れこんできた《大百足》が首をひねるようにして、三津のほうを見ていたからだ。

「なにか……なにかが見えそう……」

三津は、《大百足》のぎょろんと大きな目をじっと見つめた。札。のたくった文字の書かれた札が一枚、ひらりと舞《ま》う様子が、《大百足》の目の中に見えた。

これは……と、細めていた目を見開く。《猪笹王》と目が合ったときにも、三津は同じものを見ている。札が原因で、自分たちはこうなってしまった。そういっている？

――い、おーい。

どこからか男の人の声が聞こえてきて、三津は、はっと顔をあげた。

坂の下から、灰色の着流しを着た中年男性が、よたよたと走ってきているのに気づく。

「重蔵《じゅうぞう》さま！」

知らない名前を、尉砂が呼んだ。

尉砂は三津の腕《うで》をつかんだまま、重蔵と呼んだ男の人に向かって足早に歩き出す。

「哉重さまのお父上です」

「ええっ、哉重さんの？　別宅に引きこもってらっしゃるっていう……」

「ですから、わたくしもいま、たいへん驚《おどろ》いているところです」

坂の途中《とちゅう》で、向き合うかっこうになった。

「尉砂くん……はあ、はあ……うっ、うちの娘《むすめ》は……哉重は……無事かね……」

ひざに両手をついて、荒《あら》い呼吸を整えようとしているその人は、哉重との血縁《けつえん》を疑いようがないほどに、よく似た顔をしていた。

こんなに容姿の整ったおじさんを見たのは、はじめてかもしれない……と、つい見とれてしまう。哉重が歳《とし》を取ったら、そっくりそのままこの顔になるんじゃないかと思うほど、涼《すず》やかな顔立ちをしている。

首のうしろでひとまとめにした髪型《かみがた》も、こなれた和装も、ほかに似合うものなどなさそうなくらいに、よく似合っている。

「哉重さまは、館内に。ご当主といっしょにおられます」

「そ……そうか……《御殿之郷》にいるなら安全だとは思っていたが……無事だったか、よかった……」

やっと呼吸が整った、というように、哉重の父親——重蔵が、折り曲げていた上半身を起こす。

「ああ、あなたは」

三津の顔を見るなり、会釈《えしゃく》をした。

「哉重の父です。お話は、ご当主から」

「はっ、はじめまして、淡島《あわしま》三津です」

三津もぺこりと頭をさげようとしたところで、悲鳴をあげそうになるほどの大きな音が、辺り一帯にとどろいた。

見れば正面玄関《げんかん》前に、まっ赤な巨体《きょたい》が横倒《よこだお》しになっている。《比々》がとうとう倒されたのかと思いきや、熊ほどもある巨体は、すぐさま身軽に跳《は》ね起《お》きた。

空中にいる天狗《てんぐ》たちがどよめいている。まだ立つのか、というように。

「重蔵さま、ここは危険です。隠《かく》し戸《ど》から中へ」

うなずいた重蔵をつれて《御殿之郷》へ引き返そうとする尉砂に、「わたしはここに残ります」

と三津は告げた。すると、

「三津さんにも、聞いていただきたいことがあります。どうぞごいっしょに」

答えたのは、尉砂ではなく重蔵だった。

「ここに残ろうとされたのは、いまの状況《じょうきょう》をどうにかしたいと思われているからでしょう。ならば、わたしの話を聞いておくべきです」

丁寧《ていねい》な口調ながらも、有無《うむ》をいわせぬ迫力《はくりょく》のようなものがあった。


重蔵の登場に、だれよりも驚《おどろ》いていたのは哉重だった。

どうしてここに、といったきり、言葉をなくしている。

「まさかあなたが、自ら外に出てくるとは」

小巻も、信じられないことが起きた、という口ぶりだ。

扉《とびら》を閉めた待合室中、全員が立ったままでいる。

本来は待合室として使われている一室なので、立派なソファセットもあれば、壁際《かべぎわ》に置かれた椅子《いす》もある。それでも、いまはだれも座《すわ》ろうとしていないし、座るようにうながす者もいない。

尉砂と菊、梅、桜の三人組は、すりガラスのはまった扉《とびら》を背にして横ならびに、中央付近で三津と重蔵、小巻、哉重がゆるやかな円を作って向き合っている。

「これでも親だった、ということだと思ってください」

重蔵がそう小巻に答えても、哉重はまだ戸惑《とまど》っている顔のままだ。

「それで、話しておきたいことというのは？」

小巻にうながされて、重蔵が話し出す。

「異変が起きはじめた最初の日。あれはもう三日も前のことになりますか。あの日の前の晩のことです」

そうして重蔵が話しているあいだにも、正面玄関《げんかん》の扉越《とびらご》しに、激しく争っている物音が聞こえつづけている。

「わたしがいま暮らしている別宅からは、《蔵屋敷《くらやしき》》の裏口が見下ろせます。基本、あの建物には許可なく人の出入りはできないことになっているはずですが、裏口から出てくる人物を見かけたのです」

小巻が、ぎょっとした顔をしている。予想もしていなかった話だったようだ。

「だれだったのです、それは」

「夜分のことでしたし、《蔵屋敷《くらやしき》》の裏口には明かりもありません。顔の判別はつきませんでした」

尉砂が、「なぜお知らせくださらなかったのですか」と重蔵に詰《つ》め寄《よ》った。

「お知らせいただければ、すぐに飛んでまいりましたのに」

「《蔵屋敷》には、江場《えば》家の貴重な所蔵品の数々が置かれています。だからといって、江場家のものを盗《ぬす》み出《だ》そうと考える者などこの島にいるわけがない。そうでしょう?」

「それはそうですが……」

「年ごろの子が、秘密の隠《かく》れ家《が》がほしくてもぐりこんだのかな、くらいに思っていたのです。ところが、日に日に島の様子がおかしくなりはじめた。なにか関連があるのではないかと気になるようになりました。とどめが、つい先ほど別宅から見えた駐車場《ちゅうしゃじょう》の炎《ほのお》です。これはやはり確かめなければと思い、先ほど《蔵屋敷》を見てまいりました」

正面玄関《げんかん》の扉《とびら》が、どんっ、とひときわ大きな音を立てた。《比々》が自ら体当たりしたのかもしれないし、《大百足》が団扇《うちわ》で吹《ふ》き飛《と》ばされて、体を打ちつけたのかもしれない。もしくは、バラバラの状態からよみがえった《がしゃ髑髏》が、予想もつかないような攻撃《こうげき》を仕掛《しか》けた音だったのかもしれない。天狗《てんぐ》たちとの攻防《こうぼう》がつづいていることだけが、たしかだった。

「なにか見つけたのですね？」

小巻が先を急《せ》かすと、重蔵は、はい、とうなずいてから、重い口調で告げた。

「古簞笥《ふるだんす》に貼《は》られていた札が、はがされていました」

衝撃《しょうげき》をかくしきれない様子で、小巻が額に手をやった。

「古簞笥の札……というと」

「ええ、あれです。ご先祖さまがかつて、島の外から高僧《こうそう》を呼び、《天逆毎《あまのざこ》》と《天魔雄神《あまのざうがみ》》を封《ふう》じこめたという、例の札です」

「あれがはがされていたというのですか？」

「ぼんくらのわたしでも、あの札がはがされていれば気づきます。まちがいありません」

札。

三津が立てつづけに、《猪笹王》と《大百足》から受け取ったイメージ映像のようなもの。そのどちらにも、札が舞《ま》っていた。

あれは、札をはがされたことによって自分たちはいまこうなっている、というメッセージだった？

「おばさん、《天逆毎》と《天魔雄神》というのは？　布絵《ぬのえ》にも描《えが》かれていなかったと思うのですが」

これまでだまりこんでいた哉重が、ようやく口を開いた。重蔵が、遠慮《えんりょ》がちにその横顔を見ている。妻の死後、娘《むすめ》の暮らす《御殿之郷》を離《はな》れて、長く引きこもっていた父親。ふたりのあいだがこじれているのを、三津は感じていた。それはまるで、この島にくる前の自分と父の関係のようだとも。

苦々しげに、小巻が答える。

「荒神《こうじん》たちです。非常にやっかいな……」

「荒神たち、ですか?」

「機嫌《きげん》が悪いだけで荒《あ》れて暴れる母親と、だれにも従わず好き放題の息子《むすこ》。彼《かれ》らに取《と》り憑《つ》かれると、理性ある者ですら心を乱されるといわれています。もとより心が揺《ゆ》れがちな者であれば、取り返しがつかないほどの状態に、と。この島にまだクダンもサトリもいなかったころ、神々をも巻きこむ騒《さわ》ぎを起こしては、島の人々を苦しめていたとか」

「それで、封印《ふういん》を……」

その封印の札を、だれかがはがしてしまった。それこそが、今回の事態の元凶《げんきょう》なのかもしれない。

だとしたら、だれが？
いったいだれが、そんなことを……。

わたしの中にあるもの

沈黙《ちんもく》がつづいていた待合室の中に、突如《とつじょ》、スマートフォンの呼び出し音が鳴《な》り響《ひび》いた。三津《みつ》のショートパンツのポケットからだ。あわてて手に取る。画面に表示されていたのは、念のためにと登録しておいた〈大宮《おおみや》さんの自宅〉という文字だった。宇沙巳《うさみ》くんになにか？　とどきりとする。

「もっ、もしもし！」

「オレ。あのさ、ひとつ教えておいてもいい？」

宇沙巳本人だった。三津が返事をする前に、話し出してしまう。

「あんたんちの玄関《げんかん》の前に、ハクビシンの死骸《しがい》が置いてあったんでしょ？　あれやってたの、尉《い》砂《すな》の息子《むすこ》だと思う」

驚《おどろ》く間も与《あた》えずに、「じゃあね」と切ろうとするので、「待って待って！」とさけんでしまった。

「……本当なの？」

「信じらんない？　でも、見たから。森ん中で、殺してるとこ」

「見た……の？」

「見た。ずいぶん前だけど」

「そんな！　どうして見たときに教えてくれなかったの？」

「知りたくなさそうだったから」

「わたしが？」

「ただこわがってるだけで、本気で犯人を知りたいとは思ってなさそうだった。でも、きのう電話で話したときには、なんでも知りたいって声になってた」

「じゃあ、きのう教えてくれれば……」

「――だよ」

「え？」

「せっかくそっちからかけてくれた電話なのに、あんたが知ったらショック受けそうなこと、いいたくなかったの！」

ツーツー、と通話が切れた音が聞こえてくる。

「だれからです？」

小巻《こまき》にきかれて、答えにつまった。宇沙巳だと答えたら、なんの用事だったのかもきかれてしまう。尉砂さんの前では、とても話せない、と三津は思った。

「……多岐《たき》さん、でした」

「多岐？」

「無事かどうかの、確認《かくにん》の電話、です」

「そう」

小巻がこっくりとうなずいたので、この話はこれで終わった、と思ったのだけれど――、

「なぜうそをつくのです」

ぴしゃりと指摘《してき》されてしまった。

「う……」

うそではありません、とは、どうしてもいえなかった。これ以上、うそは重ねられない。

「宇沙巳くんでした」

「有楽《うら》の？　どのような用事であなたに？」

「それは……」

三津が答えようとしたとき、正面玄関《げんかん》のほうから、これまで聞こえていたのとはまったく規模のちがう轟音《ごうおん》があがった。すりガラスのはまった扉《とびら》も、震動《しんどう》で激しく揺《ゆ》れている。

「まさか……」

小巻が、青ざめた顔を扉に向ける。

すりガラスの向こう側に、かたかたと動く巨大《きょだい》な髑髏《どくろ》のシルエットが見えた。

「たいへん、《がしゃ髑髏《どくろ》》が！」

最初にさけんだのは、菊《きく》だった。

見えているのは頭部だけなので、這《は》うようなかっこうになっているらしい。しかも、その場で頭をかたかたと動かしているだけだ。進もうとしても、進めないでいるのかもしれない。

スマートフォンを手にしたままだった三津に、小巻が命じる。

「多岐に連絡《れんらく》を！」

「はいっ」

いわれたとおりにした。呼び出し音が長くつづく。

「出ません」

「もう一度」

かけ直しても、多岐は出ない。手が離《はな》せない状況《じょうきょう》になっているのだろうかと不安になったところに、

「小巻さん！　小巻さん！」

廊下側《ろうかがわ》から激しくノックしながら、小巻を呼ぶ声が聞こえてきた。

「開けなさい」

小巻の指示で、尉砂が扉《とびら》を開ける。飛びこんできたのは、瀬戸内《せとうち》先生だった。

「多岐くんが、ひどい怪我《けが》をしています。いっしょにいた憧吾《どうご》くんも、行方《ゆくえ》がわからなくなりました」

「ええっ？」

驚《おどろ》きの声をあげた小巻に、瀬戸内先生がかいつまんで状況を説明する。

「織田《おだ》先生とわたしで手分けして、症状《しょうじょう》が悪化した患者《かんじゃ》はいないかと各客室をたずねて回っていたのですが、鍵《かぎ》がかかって開かない部屋があったのです。もしや倒《たお》れているのではと、あずかっていた合い鍵で開けさせていただきました。すると室内に、血まみれの多岐くんが倒れていたのです。腹部を刃物《はもの》でひとつきされた状態で、意識もありません。いまは織田先生に看《み》ても

らっています」

目の前が暗くなった。とっさに哉重《かえ》の腕《うで》にすがりついてしまう。

「三津！」

すぐに哉重が支えてくれたおかげで、座《すわ》りこまずにすんだ。体のどこにも力が入っていないのがわかる。

「うちの息子《むすこ》は、その部屋にはいなかったんですね？」

尉砂がそう確かめると、瀬戸内先生は、はい、とうなずく。

「多岐くんとふたりで、廊下《ろうか》の窓の施錠《せじょう》をして回っていたはずなのですが……」

どっ、と心臓がおかしな動きをした。

まさか……まさかそんな……。

宇沙巳の声が耳によみがえる。はっきりといった。ハクビシンを殺すところを見た、と。

「さがして……きます、憧吾くんのこと」

どうにか声をしぼり出してはみたものの、うわごとのようにしか話せなかった。それでも小巻には聞こえたようで、「いけません！」とすぐに厳しい声が飛んできた。

でも、といって、ふらりと歩き出す。

「お待ちなさい、三津！」

引き止めようとする小巻に、哉重がいう。

「三津はいま、《江場家の娘《えばけのむすめ》》として行動しようとしているのではありませんか？」

それに答える小巻の声は聞こえてこない。三津はそのまま、すりガラスのはまった扉《とびら》の向こうに進み出た。

廊下《ろうか》には、《がしゃ髑髏》の頭だけがあった。首から下の骨はない。開け放たれた状態になっている正面玄関《げんかん》の扉の向こうに、目をやった。ああ……と勝手に声がもれる。

黒い翼《つばさ》を広げた天狗《てんぐ》たちが、苦しそうにもがきながら、階段や地面に倒《たお》れていた。周辺には、黄ばんだ骨が無数に散らばっている。その状況《じょうきょう》が、三津に教えた。相打ちのような形になったのだと。

それなのに、バラバラになった骨はまだ、かたかたと小刻みに動きつづけている。頭だけになった《がしゃ髑髏》に向かって、徐々《じょじょ》に集まりはじめている。このままでは《がしゃ髑髏》は復活してしまう。ほかの《界《かい》》たちも、また襲《おそ》ってくるかもしれない。

札が封《ふう》じていた、荒神《こうじん》たち。《天逆毎《あまのざこ》》と《天魔雄神《あまのざうがみ》》を、ふたたび封印しなければ。

頭だけになっても動こうとしている《がしゃ髑髏》のすぐ横をすり抜《ぬ》けて、三津は廊下を走り出した。

どこに向かえばいいのかは、もうわかっていた。

きのうの夜、憧吾につれられてのぼった階段を二階分、のぼる。そこからまた長い廊下《ろうか》を進み、いきどまりまでいって、さらに階段を二階分。同じことをくり返しながら、《御殿之郷《ごてんのさと》》を上へ上へと進む。

足がもつれそうになりながらのぼりきった階段の向こうにようやく、憧吾とふたり、夜の海を眺《なが》めたバルコニーが見えてきた。

木枠《きわく》の窓の向こうには、暮れはじめたオレンジ色の空が広がっている。ところどころに淡《あわ》いピンクやすみれ色も混ざっている。

呼吸を整えながら、木枠の窓をそっと開けた。赤く塗《ぬ》られた手すりの前で、憧吾がこちらをふり返る。ふり返っただけで、歩き出そうとはしない。

三津のほうから、近づいていった。絵画のような夕空を背にした憧吾と、無言のまま向かい合う。眼下の海が凪《な》いでいた。さざ波すら起きていないように見えて、肌《はだ》がざわつく。

「……札をはがしたのは、憧吾くん？」

三津の問いかけに、憧吾はかすかにうなずいてみせた。どうして？　と質問を重ねようとしたとたん、背中を向ける。手すりを乗り越《のこ》えるんじゃないかと、ひやっとなった。

「飛び降りると思った？」

背中を向けたまま、やっと憧吾が言葉を口にした。いやな話し方だ、と三津は思う。人を試《ため》すときの口調、けむに巻こうとするときの声音《こわね》だ、と。

「はがしたよ、札。ハクビシンもオレが殺した。付喪神《つくもがみ》は、壊《こわ》すとさすがに祟《たた》られそうだから埋《う》めただけだけど。家の鍵《かぎ》は、ご当主の執務室《しつむしつ》に忍《しの》びこんで盗《ぬす》み出《だ》した。ふみくんも……オレが刺《さ》した」

やっぱり、と腑《ふ》に落ちる気持ちと、どうして、と否定したい気持ちとが、一気に押《お》し寄《よ》せてくる。

「たぶん……ハクビシンを殺すようなやつならって、目をつけられたんだろうな」

「……だれに？」

「さあ、だれなんだろう。《天逆毎》と《天魔雄神》に取《と》り憑《つ》かれたことのある《界》の生き残りとか？　声しか聞いてないから、だれなのかはわかんない」

「声だけ、聞こえたの？」

「ハクビシンを殺すようになってから、聞こえるようになった。静かな場所にいると、聞こえてくるんだ。札をはがしにこい、札をはがせば望みをかなえてやるって」

三津にはわからなかった。どうして憧吾が、ハクビシンを殺したりしたのか。

ふられた腹いせではないはずだ。告白されたのはきのうの夜で、ハクビシンの死骸《しがい》が玄関先《げんかんさき》に置かれるようになったのはもっとずっと前なのだから。

「憧吾くんの望みって、なに？」

背中を向けたままの憧吾は、投げ出すようにいった。

「凡人《ぼんじん》じゃなくなること」

凡人じゃなくなることが、望み？

「せっかくこんな現実離《げんじつばな》れした島に住んでんのに、オレ自身にはなんの役目もない。淡島《あわしま》みたいに、初恋《はつこい》ひとつでこの島の運命が変わるとか、そういうの、いっさいない。ただの島の高校生。あー、みじめだって思ってた」

「みじめなんかじゃ……」

「ないって？　そんなの淡島が凡人じゃないから思うんだよ。なってみろよ、ただの島の高校生に。妖怪《ようかい》とか神さまとか、ふつうにうじゃうじゃいる島でさ、江場家にだけなんかすげえ力があって、しかも自分の親はそこでただの料理人なんだぜ？　そんなん余計にみじめだし。なんでオレにもないの？　ってなるよ。なんかくれよ、オレにもって」

憧吾がどんな顔をして話しているのかは、背中を向けているからわからない。わからなくてよかった、と思う。きっと憧吾はいま、見たら後悔《こうかい》するような顔をしている。

「じゃあ、ハクビシンの死骸《しがい》をうちの玄関先《げんかんさき》に置いてたのは……わたしが憎《にく》かったから？」

「あれはただビビらせたかっただけ。不安にさせてからやさしくすれば、オレのこと好きになるんじゃねえかなって。だって、淡島の初恋《はつこい》の相手になれたら一発逆転じゃん。これしかないって思ってた。でも……見てたらわかるんだよな。ああ、オレじゃねえなって。ふみくんか天狗《てんぐ》か、どっちか知らねえけど、オレじゃないのは確実だなって。だめもとで告白もしてみたけど、やっぱだめだったし」

憧吾のいっていることを完全に理解するには、凡人《ぼんじん》はみじめだ、という考えに共感できなければいけないのかもしれない。

三津にはできなかった。

三津にとってみじめだと感じることは、そんなことではないからだ。いわなければよかった、と思うようなことを、大事な人にいってしまって後悔《こうかい》しているとき。いいたいことやしたいことをずっとがまんしていて、気がついたときにはその機会を失ってしまっていたとき。三津が自分をみじめだと感じるのは、そういうときだ。

自分と憧吾は、あまりにもちがいすぎる。

「どんなに望んだって、江場家の人間にはなれない。だったらって思った。凡人《ぼんじん》じゃなくなるんだったら、もうなんでもいいやって」

憧吾は最後まで背中を向けたまま、すべてを話し終えた。

だから、自分は札をはがした。そうして封印《ふういん》されていた荒神《こうじん》たちは自由の身となり、島の《界》たちに次々と取《と》り憑《つ》いて、その心をかき乱していったのだ、と。

憧吾と同じように、いまの立場に不満があった者たちが、ことさら惑《まど》わされやすかったのかもしれない。だから、化《ば》け之島《のしま》を場家之島《ばけのしま》に変えた江場家や、江場家が営む《御殿之郷》を憎《にく》むよう仕向けられて……。

ようやく憧吾が、体の向きを変えた。立《た》ち尽《つ》くす三津を、正面に見据《みす》えて笑う。

「どうすんの？　《江場家の娘《むすめ》》さん。札は、はがすときにびりびりにやぶけちゃったよ？　どうやって封印するの？　この人たちを」

この人たち、と憧吾がいうのと同時に、その背後に、むくむくと雲が広がっていくように、ふたりの荒神《こうじん》が姿をあらわした。

複雑な色合いを見せている焼けた空に、雅《みや》びな着物をゆったりと着くずした中年の女性と、廃《はい》退《たい》した空気をまとった露《ろ》出《しゅつ》の多い若い男性が浮《う》かんでいる。電波の悪い映像のように、ときおりざらつきながら、こちらを見下ろしている。

「さあ、どうするの」

「どうするのかな」

憧吾の声で、交互《こうご》にしゃべる。

することは決まっていた。滝霊王《たきれいおう》が教えてくれたとおりにすればいい。

「見ていて、憧吾くん。わたしの中にあるものを」

幼いころから育てつづけてきた、〈生きづらさ〉のようなもの。無自覚な初恋《はつこい》を成就《じょうじゅ》させていれば、消えていたかもしれないそれは、いまも三津の胸の死角にひそんでいる。

死角のひとつには、後悔《こうかい》という名の、黒い水ようかんがぴたりとはまりこんでいる。もうひとつの死角にあるのは、際限なく広がるブラックホールのようなものだ。滝霊王はそれを、無、と呼んだ。

後悔《こうかい》のほうには、すき間はもうない。これ以上、増やすことはできない。ブラックホールのほうになら、なんでも放りこめる。だって、無は無限の無でもあるのだから。

たった十五年だけど、〈生きづらさ〉をかかえて生きてきた自分だったからこそ、生まれたもの。無自覚な初恋《はつこい》は消滅《しょうめつ》させる、と自分で決めたからこそ、いまも胸の死角に残りつづけているもの。

黒い煙《けむり》に具現化したブラックホールが、三津の胸からいきおいよく噴《ふ》き出《だ》してきた。《天逆毎》と《天魔雄神》が、「おお！」「なんと！」とそれぞれに憧吾の声で驚《おどろ》いている。

砂嵐《すなあらし》におおわれたような姿になった《天逆毎》と《天魔雄神》が、「《現《げん》》ごときが！」「《現》ゆえか！」とそれぞれにまた、憧吾の声で叫《さけ》んだ。叫ぶと同時に、その姿がぐにゃりと歪《ゆが》む。滝《たき》壺《つぼ》に落ちる滝のように、ぐにゃりと歪んだ姿のまま、荒神《こうじん》たちが三津の黒い煙の中に流れ落ちてきた。

クダンとサトリのときには感じなかった痛み——得体の知れない痛みが三津を襲《おそ》う。体のどこが痛いのかもわからない。ただ痛い。声も出ない。

濃《こ》さを増したピンクの雲の向こうに、小さく黒い点が見えた気がした。勝手に閉じそうになる目を、必死に見開こうとする。

「遠雷《えんらい》さん……」

そうつぶやいたのを最後に、三津の意識はぷつりと途絶《とだ》えた。

さよなら初恋《はつこい》

「みつやーい、おーい、みつやーい」

ぼわあんぼわあん、と膨張《ぼうちょう》していく声に呼ばれて、目を開く。

ふかふかの毛の中に顔がうまっていた。ああ、獏《ばく》さまのおなかの上だ、と三津《みつ》は思う。

「獏さま……わたし、荒神《こうじん》さまたちを飲みこんじゃいました」

「そうみたいだねえ」

「ちゃんと封《ふう》じておけると思いますか？」

「もちろんだとも。だけど、そうだなあ、三津がもうちょっとおとなになるまでは、『ないものは、ない。あるけれど、ない』を、あんまり気にしないでいられる環境《かんきょう》に身を置いておいたほうがいいかもしれないねえ」

「それって……」

「決めるのは、みつ。いつだってみつのことは、みつが決めるんだ。もうわかるね？」

獏《ばく》のふかふかのおなかの感触《かんしょく》をたっぷりと味わってから、「はい」と三津は答えた。


目を覚ましたときには、布団《ふとん》の上だった。

見上げている天井《てんじょう》からは、小ぶりなシャンデリアが吊《つ》りさげられている。《星月夜《ほしづくよ》の間《ま》》だ、と気づいたのと、枕《まくら》もとにいた小巻《こまき》から「三津！」と呼びかけられたのは、ほとんど同時だった。

「おばさん……」

体を起こそうとした三津の肩《かた》を、小巻がそっと押《お》しもどす。

「丸一日、眠《ねむ》りつづけていたのです。いきなり動いたら、体が驚《おどろ》くじゃありませんか」

丸一日？　一時間ではなく？　ほんの少しのあいだ、意識を失っていたような感覚しかなかった。

「あのっ、が、《がしゃ髑髏《どくろ》》や、ほかの《界《かい》》たちは……」

三津を落ち着かせるように、小さくうなずいてから、小巻は教えてくれた。

「みんな、おとなしく帰っていきましたよ。山や森、海や川に」

「じゃあ……」

「あれ以上の被害《ひがい》は、ありませんでした。あなたのおかげです」

ほっとしたとたん、浮《う》かしていた頭が、ぽすんと枕《まくら》の上にもどった。そんな三津を、小巻は慈《いつく》しむように見つめている。

「たいへんな決断を、してくれたのですね」

なにもかも、小巻は知っているようだった。札をはがしたのが憧吾《どうご》だったことも、荒神《こうじん》たちを三津がどうやって封印《ふういん》したのかも。

子守唄《もりうた》を歌って聞かせるように、枕のはしをぽおん、ぽおん、とやさしくたたきながら、小巻は話してくれた。

意識のない三津を運んできてくれたのは、遠雷《えんらい》だったそうだ。おおよそのことは、遠雷から聞いて知ったという。

憧吾は遠雷の部下たちによって捕《と》らえられ、当主である小巻に引《ひ》き渡《わた》された。立ち会っていた父親にも口を開かないまま、迎《むか》えにきたパトカーに乗せられていったらしい。

通報したのは、父親の尉砂《いすな》だ。もちろん、札をはがしたことは罪にはならない。ハクビシンを殺しつづけていたこと、多岐《たき》に怪我《けが》を負わせたこと。このふたつが、尉砂に通報を決意させた。

多岐は救急ヘリで島の外の病院に運《はこ》ばれ、いまも意識不明の重体だそうだ。

「復興に向けてやらなければならないことが山積みです。でも……いまはただ、《御殿之郷《ごてんのさと》》で受け入れていた島の人たちに被害《ひがい》がおよばなかったことを、よろこびましょう」

そういって三津の目をのぞきこんできた小巻の顔は、さすがに疲労《ひろう》の色が濃《こ》かった。

「はい」

三津は素直《すなお》に、うなずいた。

本当は、小巻に話したいことがある。でも、それはいまじゃなくていい。いまはとにかく、取りもどした島の平穏《へいおん》を、ふたりでひそかによろこび合いたかった。


咲《さ》き乱《みだ》れる花々が、夏の盛《さか》りのころにも増して、色鮮《いろあざ》やかだった。

風が吹《ふ》くたび運ばれてくる香りに、うっとりと目が閉じそうになる。訪《おとず》れているのは、女主人のベスが営むカフェ、《花渦《はなうず》》だ。

哉重《かえ》とここにくるときは決まって、花園《はなぞの》の奥《おく》まったところにある席を選ぶ。ドーム状の屋根がついていて、まわりはどこを見ても花ばかり、という夢のような席だ。

「こちらには被害《ひがい》がなかったんですね」

カップをソーサーにもどしながら三津がそういうと、向かいの席の哉重が、意味ありげな顔をした。ティーポットを手にテーブルの横に立っていたベスに、「話してもいいですよね？」となにやら確かめている。

きょうもあでやかな花柄《はながら》のワンピースに身を包み、フラメンコダンサーのように黒髪《くろかみ》をきゅっとおだんごにまとめたベスが、うふふ、と笑ってうなずく。

「もちろん、三津さんになら」

なんの話だろう？　と三津には予想もついていない。

「わたしも今回のことがあってはじめて知ったんだけど、ベスさんは魔女《まじょ》なんだ」

何秒か、ぼーっとしてしまった。まじょ。魔女……魔女？

「空を飛ぶ……あの魔女ですか？」

あははは、と豪快《ごうかい》に笑う声。

「三津さんにとっての魔女は、空を飛ぶ、なんですね。哉重さんは、『黒い服は着ないんですか？』でしたよ」

だって、と哉重がいいわけをする。

「魔女《まじょ》のイラストはたいてい、黒い服を着て、黒い帽子《ぼうし》をかぶっているじゃないですか」

三津はまだ、ベスさんが……と混乱したままだ。

「妖虫《ようちゅう》に憑《つ》かれた人たちのために、薬草を調合してもらっていた話は聞いている？」

「多岐さんが症状《しょうじょう》を伝えて、ベスさんに調合してもらっていたんですよね」

「あれはベスさんのほうから、試《ため》してみませんか？　と申し出てくれたことだったんだけど、そのときに、じつは、と」

「魔女なんです、というお話を？」

ベスが、ええ、と笑顔《えがお》で認める。

「魔女だと打ち明けないと、妖虫に効く薬なんか作れるわけがないって思われてしまうかもしれませんから」

結果的に、ベスが調合した薬草で多くの人たちが回復に向かい、あれから二週間近く経《た》ついま、ほぼ全員が健康を取りもどしているそうだ。

「我を失った《界》たちも、さすがに魔女の花園《はなぞの》には手を出せなかったらしい」

そういって哉重がくすくすと笑うころには、三津もどうにか、ベスが魔女だという事実を飲みこむことができていた。

「家を失った人も少なくありません。ですから、死者が出なかったのは不幸中のさいわいだというのは気がとがめますが……」

そこまでいって、はっとしたようにベスは口をつぐんだ。

死者、という言葉から思い出したのだろう。長壁姫《おさかべひめ》のことを。三津もまったく同じタイミングで、長壁姫の面影《おもかげ》に心を揺《ゆ》らしていた。哉重も察したらしい。

「……長壁姫に放たれた〈呪《しゅ》〉は、ひとつひとつは威力《いりょく》もなく、単純なものばかりだったようです。ただ、数が多かった。複数の《界》をあやつり、同時に〈呪〉をかけさせたのでしょう。束になったことで内容が複雑になり、長壁姫といえども跳《は》ね返《かえ》すことはできなかったのではないかと、当主が」

そう説明した哉重に、そうでしたか、とベスが視線を落とす。魔女《まじょ》のベスにとって、人ではないけれど人に近かった長壁姫は、面識はなくとも特別な存在に思えていたのかもしれない。

「姫さまの《先読み》と《失《う》せものさがし》を失ったとなると、今後の場家之島《ばけのしま》のありようも変わってしまいそうですね」

いいえ、と哉重が首を横にふる。

「姫《ひめ》さまのおそばに、藻留《もる》という従者がおりました。今際《いまわ》の際《きわ》に、《先読み》と《失《う》せものさがし》の力をその藻留に授《さず》けてくださったそうです」

「では、これからはその藻留が代わりに？」

「支えてくれると約束してくれました」

長壁姫なきあとのお屋敷《やしき》には、つい先日、小巻と哉重とともに、三津も招かれて訪問してきた。

あの広大な大広間に、ちょこんと藻留が座《すわ》って待っていた姿に、噴《ふ》き出《だ》してしまいそうな、泣いてしまいそうな、不思議な心境になったことを思い出す。姫さまの名に恥《は》じないようしっかりと務めてまいります、と健気《けなげ》に頭をさげていた。

帰りは早速《さっそく》、藻留が開いてくれた《御道《おんどう》》で小巻の執務室《しつむしつ》にもどったのだけれど、三人とも、じゃっかん船酔《ふなよ》いしたようになったことはまだ、藻留には伝えていない。

「例の少年の処遇《しょぐう》は、どうなりましたか？」

三津のカップにおかわりの紅茶をそそぎながら、ベスが哉重にたずねる。

「意識を取りもどした多岐の話によると、名前も知らない未見の《界》……あるいは怨念《おんねん》のようなもの——が憧吾をあやつり、ペーパーナイフを手に取らせたそうなんです。最後まで憧吾は抵《てい》抗《こう》をしていた、と証言しています」

「つまり、体を乗っ取られた状態で多岐さんを刺《さ》した、と？」

「ええ」

多岐の証言が決め手となり、憧吾は島での更生《こうせい》を許された。妖怪《ようかい》に体を乗っ取られたから、という理由で傷害罪が成立しないのは、きっとこの島くらいだ。

それでも、当主の小巻と父親の尉砂は、憧吾のしたことをかくそうとはしなかった。きちんと通報し、警察の判断を仰《あお》いでいる。この島における江場《えば》家の影響《えいきょうりょく》力を利用するようなことはしなかったのだ。

小巻や父親の尉砂が、内輪でどうにかしようとしなかったことが、三津には誇《ほこ》らしかった。その清廉《せいれん》さが、うれしかった。憧吾もいつか、きっと同じように思ってくれるはずだ。

「大宮《おおみや》さんのところで、暮らすことになったんです」

三津がそう教えると、ベスはちょっとのけぞるようなかっこうをしてみせた。

「大宮さん、大忙《おおいそが》しですね。たしか有楽《うら》さんのところの宇沙巳《うさみ》くんも、いまは大宮さんのところで生活しているはず」

哉重が、そうそう、とうなずく。

「けんかばっかりしてるみたいですよ。このあいだ大宮さんがうちにきて、愚痴《ぐち》っていきました」

それを聞いたときには、ちょっと心配になった。まだ不安定なところのある憧吾が、またおかしなことを考え出すんじゃないかと。

大宮さんの話には、つづきがあった。

『どちらもひとりっ子で、歳《とし》の近い相手といっしょに暮らしたことがない同士ですからね。ときどき、おもしろがっているような顔もしてますよ、おたがいに』

支え合えたらいい、と心から思う。

宇沙巳はこれからも、神さまだったときの記憶《きおく》を持ちながらも、人として生きていかなければいけない。憧吾は、島中の人に自分がどう変わっていくのかを見せながら、成長していかなければいけない。

おたがいの存在が支えになれば、少しは楽に過ごせるかもしれない。

「そうだ、三津。瀬戸内《せとうち》先生とは話せたの？　きのう、本土に帰っちゃったみたいだけど」

「あ、はい。少しだけ」

三津さん、と不意に廊下《ろうか》で呼びかけられたとき、不思議なくらい、なにも感じなかった。『あ、

Suger
MENU

瀬戸内先生だ』と思い、気がついたときには、「いろいろとたいへんでしたね」とこちらから話しかけていた。

瀬戸内先生のほうも特にあらたまったような態度は取らず、「三津さんもよくがんばりましたね」とにこやかに答えて、これから本土に帰ります、というあいさつをしてくれた。

交《か》わした会話は、それで全部だ。じゅうぶんだった。これでもう瀬戸内先生は、ただの〈お世話になっている先生〉になった。

哉重も、久々に父親とゆっくり話ができたらしい。近いうちに、《御殿之郷》にもどってくるそうだ。

「あっ、きたきた！　おーい、こっちだよ」

遅《おく》れていたもうひとりがやってきたようだ。首を伸《の》ばしながら、哉重が大きく手をふっている。その横でベスが、深々とお辞儀《じぎ》をした。

「いらっしゃいませ、比那《ひな》さん」

もうっ、といいながら、比那は三津のとなりに、ぐいっと腰《こし》をおろしてきた。

「着ようと思ってたブラウス、ママがまだアイロンしてくれてなかったの！　見てよ、三津、このコーデ最悪じゃない？」

リボンタイを結んだピンクのシャツに、ハイウエストの白いミニスカート。ちっとも最悪なんかではない。比那の愛くるしいルックスにぴったりのコーディネートだ。

「比那もふたりと同じのお願いしまーす」

「かしこまりました」

ベスが、踊《おど》るような足取りで花園《はなぞの》へと踏《ふ》み出《だ》していく。

「ねえ、三津」

比那が、自分の腕《うで》を三津の腕にからめながら、顔をのぞきこんでくる。

「本当にいっちゃうの？」

いきなり直球できいてくるところが、比那らしかった。うん、と三津はうなずく。

「お父さんと暮らすことにしたんだ」

「なんで？　島がいやになったの？　さみしいよ、三津がいなくなっちゃったら！」

腕の中にあった比那の手に、そっと自分の手を重ねる。

「うれしい。そんなふうにいってもらえて」

ぷ、とほおをふくらまして、比那が毒づく。

「そうやってすぐ比那がよろこびそうなこといってごまかすんだから。そういうとこ、哉重くんとそっくり！」

三津は哉重を見て、哉重も三津を見た。ひそかに笑い合う。

島を出ようと思っていることを最初に伝えたのは、哉重だった。

なんでも話して、といってくれた、たったひとりのいとこ。ずっとそばにいて支え合っていたかったけれど、三津の中で決意は揺《ゆ》らがなかった。

場家之島が好きだという気持ちに変わりはない。ただ、この島にいる限り、頭のどこかで意識してしまう気がした。自分の中に封印《ふういん》している荒神《こうじん》たちのことを。

『ないものは、ない。あるけれど、ない』

その心境でいつづけるには、自分の中にあるものが、あまりにまだ少なすぎる。

もっとたくさんのもので、荒神たちがいる牢《ろう》の扉《とびら》が埋《う》もれてしまうくらい、自分の中にあるものを増やしていかなければ。そう思ったのだ。

獏《ばく》もいっていた。三津がもう少しおとなになるまでは、『ないものは、ない。あるけれど、ない』を気にしないでいられる環境《かんきょう》に身を置いておいたほうがいいかもしれない、と。

きれいなところだと父がいったストックホルムの街。いってみたい、と父にいったことを思い出した。ならば、その気持ちのままに動いてみよう、と決めたのだ。

哉重はだまって三津を抱《だ》きしめてくれた。さみしくなるよ、という代わりに、ただぎゅうっと。

小巻は、覚悟《かくご》はしていたという顔で、「わかりました」とだけ。さまざまな手続きはすべて、小巻がやってくれた。

菊《きく》、梅《うめ》、桜《さくら》の三人組とは、念願だったピクニックへ。三人がよくいくという、真珠《しんじゅ》の養殖場《ようしょくじょう》が見下ろせる丘《おか》へいき、四人で作った大量のサンドウィッチを食べた。

島を出ることを伝えたら、大号泣《だいごうきゅう》されてしまい、三津もいっしょに大泣きした。

学校はまだ休校中のままだ。なので、胡子《ここ》と薫《かおる》、沖凪《おきな》、蘭子《らんこ》の四人にだけメッセージを送った。

【もどってきたら、また仲よくしてね】

三津にしては、思いきったメッセージになった。少し前までの三津なら、うざがられたらどうしよう、という気持ちが先に立ってしまって、絶対に書けない内容だった気がする。

たすくは最後の最後まで、すねてたいへんだった。困り果てた三津の大きなため息を、ぱくっ、と飲みこんだあと、「待ってますからね?」といつものちょっと震《ふる》えた声でいうものだから、たまらずぎゅっと抱きしめた。あのときのしっとり具合といったら！　いつまでも抱きしめていたいくらいだった。

「あー、やだやだ。三津がいなくなっちゃうなんて」

比那がまだ文句をいっているのを見かねたのか、やさしく哉重がいった。

「わたしがいるでしょ？」

わかりやすく、比那はめろめろになった。

ちょうどそこに、比那の分のアフタヌーンティーセットが運ばれてくる。わーっ、きょうのもかわいい！　と比那がはしゃぐ。

ベスが、そっと耳打ちしてきた。

「ご出発は、いつですか？」

「あすの朝です」

「そうですか……どうぞお元気で」

「ありがとうございます。ベスさんも」

にっこりと笑い合ってから、三津はゆっくりと花園《はなぞの》を見回した。

ここも、見納め。最後にベスさんにも会えたし、これでもう思い残すことは……と思いかけたところで、ふっと気持ちが陰《かげ》る。

多岐のことを思い出しただけで、目の奥《おく》がじんとなった。いまはもう織田《おだ》医院に転院していて、リハビリに励《はげ》む日々だと聞いている。

お見舞《みま》いには、一度もいかなかった。多岐に気を遣《つか》わせたくなかったからだ。ふられた本人よりも、ふった多岐のほうが気にしているかもしれない。そう思うと申し訳なくて、どうしても織田医院に足が向かなかった。

もうひとり、会えていない人がいる。

遠雷だ。

何度も烏《からす》たちに伝言をたのもうとしたのだけれど、どういうわけか一羽《わ》の烏も見つけられずじまいのままだった。

怪我《けが》でもしているんじゃないかと心配していたら、いつかの小天狗《こてんぐ》が今朝、いきなりやってきて、葉っぱを一枚、手渡《てわた》して帰っていった。ずっと顔をまっ赤にしていて、かわいかったな、と思い出す。

三津が触《ふ》れた瞬間《しゅんかん》、葉っぱはポンッと小さく爆《は》ぜて、白いカードになった。

『またね、三津』

書いてあったのは、それだけ。

遠雷らしい、お別れのメッセージだった。

早朝の船着き場に、見送りの人たちが集まっている。

小巻に哉重、哉重の父親、菊、梅、桜の三人組、尉砂。比那、比那の母親。胡子、薫、沖凪、蘭子、海燕高等学校《かいえんこうとうがっこう》の生徒たち。たくさんの島の人たち。見えるところにはいないけれど、きっとたくさんの《界》たちも。

宇沙巳と憧吾は、船着き場にはきていない。大宮さんといっしょに、高台の神社から船が出るのを見送ることになっているらしい。

荷物は少ない。きたときも、ボストン型の旅行バッグひとつだった。服装だけがちがう。制服ではなく、小巻が似合うといってくれた色——紺《こん》の七分袖《しちぶそで》のワンピースを着ている。

手をふって、ほかに乗客のいないフェリーに乗りこんだ。朝日に照らされた波を近くに見ながら、オレンジ色の座席に腰《こし》をおろす。

その直後、だれも座《すわ》る予定のなかったとなりの席に、いきなりだれかが座った。声をあげそうになりながら、顔を横に向ける。

「たっ……」

名前を呼んだつもりが、声になっていない。

「出発まで、あと一分あるそうです」

久しぶりに聞く多岐の声に、見る間に視界がぼやける。オールバックにしていない洗いっぱなしの髪《かみ》が、最後に見たときよりも伸《の》びていた。目もとが前髪にかくれてしまって、よく見えない。

「いかせたくない……それが、本当の気持ちです。でも、それはオレの……ただの男としての気持ちです」

正面を向いたままだった多岐の顔が、ゆっくりとこちらを向いた。伸びきった前髪の下からのぞく目で、まっすぐに三津を見ている。

「わたくしの望んだ絆《きずな》を、三津さまも選んでくださったこと。生涯《しょうがい》、忘れません。永遠にわたくしはあなたの世話役です」

うなずいた瞬間《しゅんかん》、この恋《こい》は本当に終わるのだと思った。多岐の目を、強く見つめ返す。はい、と答えて、三津は小さくうなずいた。

乗りこんできたときと同じように、音も立てずに多岐がフェリーをおりていく。

「出航しまーす」

作業服のおじさんが、出航を告げた。

フェリーが静かに、島を離《はな》れはじめる。

多岐は、深々と頭をさげていた。多岐のいる船着き場が、どんどん遠ざかっていく。多岐さん！　と呼びたかった。呼ばないように、口もとを手でおおう。呼ばないことが彼《かれ》の望みだとわかっていたからだ。

……さよなら、わたしの初恋《はっこい》。

見えなくなるまで、三津は船着き場を見つめつづけた。

海だけになるまで、ずっと。

きれいな街だと、父の未九里《みくり》がいったとおりの眺《なが》めの中を、ひとり歩いていく。

新しい学校にはもう慣れたし、再開した父との暮らしも、いまはとても楽しい。料理の腕《うで》は日々、あがりつづけている——はずだ。

※

相変わらず父の仕事は忙《いそが》しく、平日の夜はたいてい、ひとりで食事をする。夕方になると、近所のスーパーに買い出しにいくのが日課だ。

きのうの夜、父が突然《とつぜん》、動画を見せてくれた。

南の島らしい海の見える崖沿《がけぞ》いの道を、ふたりの男女が歩いている。女性のほうは、母親だ。となりを歩く男性は、三津がいつか見た母親の駆《か》け落《お》ち相手だった。

父は教えてくれた。

連絡《れんらく》は取っていないものの、母親の居場所は知っていること。相手の男性は、とある《祖《そ》》で、異国の魔女《まじょ》の力を借りて、人として島の外で暮らすための身分を作ってもらったこと。母親からは、少しずつ場家之島の記憶《きおく》が消えていっていること。

「許してあげられる?」

父からそうたずねられたとき、三津は迷わず、「もうとっくに」と答えた。

あの島での日々を知ったいまの三津に、許せない、という感情など残っているはずがなかった。母親は、ただ好きな人のことが忘れられなかっただけ。ただそれだけ。

いっしょにいたころの母親を思い出すとき、満たされたような気持ちになる。自分もちゃんと愛されていたからだと、いまは思う。

場家之島で暮らしたこと。

場家之島を離《はな》れたこと。

どちらも後悔《こうかい》はしていない。

白っぽいコンクリートの建物の角を曲がり、石畳《いしだたみ》の通りに出た。鼻歌まじりに、人の少ない歩道を進む。

同じ歩道をこちらに向かって歩いてくる人の顔に、ふと目がいった。

まさか、と思う。

だって、そんな。

『またね、三津』

そう書かれていたカードは、いまも大切に持っている。飲めば出会ったことすら忘れられるという、小さな光る石も。さみしい夜には、小巻にもらった天狗除《てんぐよ》けのネックレスもいっしょに取り出して、長々と眺《なが》めることすらある。

母親の動画を見せてくれたとき、お父さんはなんていった？　異国の魔女《まじょ》が《祖》のために、人として島の外で生きられる身分を作った、といわなかった？

場家之島には、ベスがいる。見た目は日本人そのものだったけれど、名前やいでたち、お店で出しているメニューには、異国のルーツが見《み》え隠《かく》れしていた。

少しずつ、早足になっていく。

なにが起きてもおかしくない島で、ひと夏を過ごした。

いまの三津は、起きるはずがないことが起きても、不思議だとは思わなくなっている。

異国の街角で、黒い翼《つばさ》を隠し持つ人と、ばったり再会する——。

たとえば、そんなことが起きたとしても。

三津はもう、驚《おどろ》いたりはしない。

石川宏千花 いしかわひろちか

『ユリエルとグレン』で、第48回講談社児童文学新人賞佳作、日本児童文学者協会新人賞受賞。主な作品に『お面屋たまよし』『死神うどんカフェ１号店』『メイドイン 十四歳』（以上、講談社）、『墓守りのレオ』（小学館）などがある。「少年Nの長い長い旅」（YA! ENTERTAINMENT）、「少年Nのいない世界」（講談社タイガ）両シリーズを同時刊行して話題となった。『拝啓パンクスノットデッドさま』（くもん出版）で、日本児童文学者協会賞を受賞。

画・脇田茜
装丁・城所潤（Jun Kidokoro Design）

YA! ENTERTAINMENT

化《ば》け之《の》島《しま》初恋《はつこい》さがし三《み》つ巴《どもえ》　3

石川《いしかわ》宏《ひろ》千《ち》花《か》

2024年2月6日　第1刷発行

N.D.C.913　252p　19cm　ISBN978-4-06-534518-4

発行者　森田浩章

発行所　株式会社講談社
〒112-8001
東京都文京区音羽2-12-21
電話　編集 03-5395-3535
販売 03-5395-3625
業務 03-5395-3615

印刷所　株式会社ＫＰＳプロダクツ

製本所　大口製本印刷株式会社

本文データ制作　講談社デジタル製作

KODANSHA

死神うどんカフェ1号店

石川宏千花／作
庭／画